U0072461

THE SILVER ARROW

銀箭號

文／萊夫·葛羅斯曼 Lev Grossman

圖／崔西·西村·畢曉普 Tracy Nishimura Bishop

翻譯／謝維玲

獻給莉莉、哈莉和巴茲

目錄

1 賀伯特舅舅很差勁

凱特只知道賀伯特舅舅兩件事：他很有錢，以及他很沒有責任感。

就這樣。你可能以為凱特知道更多事，畢竟他是她的舅舅，但事實上，她從來沒見過他，甚至連一張照片也沒看過。凱特的媽媽和賀伯特舅舅是手足，但是處得不是很好。

仔細想想，這挺奇怪的。我是說，凱特有個弟弟叫湯姆，他很討厭、很糟糕，她卻無法想像自己偶爾才見他一面，但大人們似乎很習慣這樣。

賀伯特舅舅從沒來過凱特家，也從沒打過一通電話。他住在哪裡？他一天到晚都在做什麼？凱特想像他就跟那些古怪的有錢人一樣，到荒島旅行、蒐集稀有的寵物，或者買一大間薑餅屋，然後一個人把它吃光。換作是她就會這麼做。

但這一切都是個謎。凱特的爸媽只知道，賀伯特舅舅很懶惰、很有錢、很沒責任感。於是凱特不禁納悶，為什麼那麼懶惰、那麼沒責任感的人會那麼有錢？但大人從不解釋這種相互矛盾的事，他們只會轉移話題。

不過這不代表凱特的爸媽很糟，他們真的沒那麼糟，只是看起來沒有把教養孩子擺在第一位。他們早出晚歸，就算待在家裡，他們也時常盯著自己的手機和電腦，露出一副認真工作的嚴肅表情。跟賀伯特舅舅不同的是，他們一天到晚都在工作，而且很有責任感，儘管他們從來沒有很多錢可以炫耀。

或許是因為這樣，他們很討厭賀伯特舅舅。但不管怎樣，他們似乎沒有什麼時間可以陪伴凱特。

凱特倒是留給自己很多時間——事實上，有時候是太多了。她會騎腳踏車、打電玩遊戲、寫功課、找朋友玩，甚至偶爾跟湯姆玩。

她不像她們班上某些孩子一樣有特殊才藝，像是畫畫、表演一次拋四個豆袋的雜耍把戲，或者懂得分辨罕見菇類，並且講出食用菇和有毒菇之間的差別——儘管她希望自己像他們一樣。

她很愛看書，吃晚餐時總是要人三催四請才願意闔上書本，她爸媽還花錢讓她學鋼琴和網球（湯姆學的是大提琴和合氣道）。

但有的時候，當凱特坐在客廳那臺直立式桃花心木鋼琴前面敲打琴鍵，或者用網球正手拍和反手拍「虐待」車庫大門時，她覺得自己心浮氣躁，很不耐煩。做這些事到底有什麼意義？她雖然年

紀小，只要當個小孩就行了，但她也大到不想只玩遊戲和扮家家酒。她覺得自己已經準備好嘗試一些更刺激、更真實、更重要的事了。

然而她找不到那些事來做，她只有玩具、遊戲、網球和鋼琴。雖然書本裡的人生看起來很有趣，但在現實生活中，那些有趣的事似乎不曾發生過，而且也沒辦法像看書時一樣跳過無聊乏味的片段。

或許這就是為什麼凱特會在十一歲生日的前夕，坐下來給賀伯特舅舅寫一封信。這封信是這麼寫的：

親愛的賀伯特舅舅：

你沒看過我，但我是你的外甥女凱特。我明天就要過十一歲生日了，而且我知道你超有錢的，所以拜託請你送個禮物給我好嗎？

凱特敬上

重讀一遍，凱特不確定自己是否寫得比別人好，她對「請」這個字放的位置也有點猶豫，但她認為這封信有她自己的信念與真理，語文老師說這是最重要的事。她把信投進郵筒，或許永遠不會有人會讀到這封信，因為信封上根本沒有寫地址——凱特不曉得賀伯特舅舅住哪裡，她甚至連郵票都沒貼。

沒想到，她隔天早上收到了賀伯特舅舅的禮物，那是一列火車。

凱特沒有特別想要火車，她不是火車迷，倒是湯姆比較喜歡火車。凱特比較愛看書、玩樂高積木和「麵包車動物」，也就是一群開著麵包車的可愛小動物。她班上的每個人都瘋狂迷戀「麵包車動物」，她也不例外，至於原因是什

麼，沒有人能夠解釋。

總之，她沒有特別要求什麼禮物。她猜想，賀伯特舅舅大概很少跟小孩打交道吧，所以才會這樣。凱特試著用平常心面對這種情況。

讓凱特感到意外的是火車的尺寸。我的意思是，這玩意兒真的很大，大到無法用郵寄的方式送到凱特家。它是用一輛經過特別強化而且寬度加倍的平板拖車運過來的，拖車的輪子總共有二十八個——湯姆數過了。

這列黑色火車超級巨大，結構也無比複雜。事實上，它一點也不像玩具，它看起來像一列真正的蒸汽火車。

賀伯特舅舅解釋說，那是因為它真的就是一列火車。

賀伯特舅舅開著蕉黃色的特斯拉，親自護送火車到凱特家，而且那輛特斯拉就跟湯姆玩的風火輪小汽車一樣線條流暢又時髦花俏。賀伯特舅舅長得胖胖的，有一頭稀疏褐髮，還有和藹可親的圓臉，看起來滿像歷史老師或主題樂園的收票員。他穿著

一雙發亮的藍色皮鞋，還有一套跟他的車子很搭的蕉黃色西裝。

凱特和湯姆從家裡跑出來，目不轉睛的看著這列火車。凱特並非特別像個公主，但是跟下巴齊長的褐色直髮和尖挺小鼻讓她帶了點公主味。湯姆頂著一頭亂翹的金色短髮，像一隻剛睡醒的天竺鼠，但他的鼻子跟凱特一樣散發著貴族氣息。

凱特驚訝得說不出話來。

她唯一能想到的話是「這列火車真的好大」，她只能這麼說。

賀伯特舅舅謙虛的說：「這不是一列完整的火車，只是個火車頭，後面掛了一節用來貯存水及燃料的煤水車。」

湯姆問：「它有多重啊？」

賀伯特舅舅爽快的回答：「一百噸。」

凱特問：「呃，剛剛好嗎？你是說，它剛好一百噸嗎？」

「不，」賀伯特舅舅說：「一百零二噸，一百零二點三六噸。妳問得很好，別太相信取整數取過頭的數字。」

「我也這麼覺得。」凱特說。

你無法理解一節蒸汽火車頭究竟有多大，除非它停在你家門前的街道上。這節火車頭大約高四點六公尺、長十五公尺，有一顆車頭燈、一根煙囪、一只大鈴鐺，還有許多管子、活塞、連接桿和閥門把手。它光是輪子就比凱特高出一倍。

凱特的爸爸也從家裡走出來，擺出雙手插腰的姿勢。事實上，整條街的居民都跑出來看火車。

「賀伯特，這是什麼玩意兒？」凱特的爸爸問。

他其實沒有說「玩意兒」這幾個字，但你無法把他原本說的那個字放進一本給兒童看的小說裡。

「一列火車，」賀伯特舅舅說：「一列蒸汽火車。」

「我知道，但是它在這裡做什麼？專程用卡車載過來？還離我家這麼近？」

「這是送給凱特的禮物，還有湯姆，如果她願意分享的話。」他轉頭看著凱特和湯姆，「**分享很重要**。」

這下子確定了，賀伯特舅舅肯定很少跟小孩打交道。

「你有這番心意是不錯，」凱特的爸爸摸著下巴說：「可是你就不能送個玩具嗎？」

「這是玩具啊！」

「不，賀伯特，這不是玩具，這是**真的火車**。」

「也許吧！」賀伯特舅舅說：「可是你想想，嚴格說來，如果她打算玩這輛火車，那在定義上它也是個玩具。」

凱特的爸爸停下來想了一下。凱特覺得爸爸犯了一個戰術上的錯誤，他應該對賀伯特舅舅發火，然後打電話報警才對。

凱特的媽媽就沒有這個問題。她大吼大叫的衝出家門。

「賀伯特，你腦袋壞了嗎？你到底在搞什麼？快把這玩意兒弄走！孩子們，下車！」

她會說最後那句話是因為凱特和湯姆已經爬上平板拖車，開始從火車的側面往上爬。他們無法克制自己，火車上有好多管子、把手、輻條之類的東西，爬上去就像在攀岩一樣。

凱特和湯姆不情不願的下了車，退到安全的距離，但凱特還是忍不住盯著火車看。它很黑、很大、很複雜，有好多看起來具備有趣功能的精密小配件，還有一間讓人可以舒服坐在裡面的小駕駛室。它看起來很吸引人，也令人不安，就像一隻沉睡中的恐龍。你看它看得愈久，就愈覺得有趣。

再說，火車是真的，這似乎是她在不知不覺中一直等待的禮物。她挺喜歡的。

在煤水車的側面，有三個白色的字：

銀箭號

這是火車的名字，中間還有一支細長的箭穿過去。

2 賀伯特舅舅還是一樣差勁

「它根本不是銀色的，」凱特的爸爸說：「它是黑色的，而且妳要一支銀箭做什麼？」

「可以獵捕狼人啊！」凱特說：「不用想也知道。」

「還有，火車要擺哪？」凱特的媽媽說。

「喔，我早就想好了，」賀伯特舅舅說：「我們會把它放在後院的一段軌道上。」

「放在……後院……！」凱特的媽媽氣炸了，連話都沒辦法好好說完，「賀伯特，你腦袋真的壞了！」

「我們不會在後院鋪軌道，」凱特的爸爸說：「我要在那裡蓋花園乘涼。」

「喔，你們不用自己動手啦！」賀伯特舅舅自豪的說：「我都弄好了！昨天晚上我找了幾個工人，吩咐他們用包著布的鐵鎚施工，這樣才不會吵醒你們。」

凱特的爸媽露出目瞪口呆的表情。凱特心想，以一個身穿蕉黃色西裝的人來說，賀伯特舅舅倒是挺精明的。她突然想到，這活生生印證了她的一位偶像曾經說過的名言，那就是有些事最好先斬後奏。

這位偶像是葛麗絲．霍普（Grace Hopper）。葛麗絲．霍普出生在一九〇六年，也就是一百多年前。那個時候，整個社會對女性有很嚴重的偏見，女性要成為程式設計師是很困難的事，而且電腦還沒有發明出來（直到一九四〇年代葛麗絲．霍普就讀軍校，第一批電子電腦才誕生），可是葛麗絲．霍普不但成為程式設計師，還開發出世界第一套編譯程式。她在八十五歲過世時，是位退伍的海軍少將，美國有一艘軍艦

就以她命名。

對凱特來說，葛麗絲·霍普算是一位偶像級人物。

☆ ☆ ☆

兩小時後，賀伯特舅舅和凱特一家人全都在後院，盯著火車頭看。這節火車頭矗立在一片稀疏枯黃草地的一段軌道上，後頭掛著一節煤水車，它們幾乎把後院占滿了。

就連凱特的爸爸媽媽也不得不承認，它看起來很壯觀。

「我們可以讓人付錢進去坐。」湯姆說。

「不行，」凱特說：「我不希望奇怪的陌生人用奇怪的屁股坐在我的火車上。」

「不准說『屁股』。」爸爸說。

「菸屁股、熱臉貼冷屁股。」凱特說。

「不准就是不准。」

「它幾歲啊？」湯姆問道。

「不知道。」賀伯特舅舅說。

「它可以跑多快？」

「不知道。」

「世界上最強壯的人可以把它抬起來嗎？」

「不知……等等，我認識世界上最強壯的人，他絕對抬不起來。你們想進去看看嗎？」

他們當然想。前面說過，這列火車需要花點工夫爬上去，因為它真的很大，絕對不是為小孩子打造的，但凱特和湯姆都是攀爬高手，而且火車側面有幾階焊接上去的鐵梯，還有一根用來當把手的鐵桿。

不過，如果要凱特老實說，接下來發生的事情其實有點令人失望。蒸汽火車的駕駛室坐起來跟汽車、卡車或飛機的駕駛座差很多。首先，蒸汽火車的駕駛室沒有擋風玻璃，而且你看不到前方的景物，因為巨大的鍋爐擋住了視線。駕駛室兩邊各有兩扇小窗，但沒有太大用處。這裡比較像是船舶駕駛艙那種小房間，只不過非常老舊，沒有電腦和雷達那些設備。

舉目所見，銅管和鋼管像藤蔓一樣四處延伸，閥門把手、按鈕、曲柄、玻璃表盤和更多管子裸露在外，它們都沒有任何標籤。整間駕駛室散發著廢油味道，聞起來就像置身在汽車修理廠一樣。這列火車絕對是真的，但也讓人摸不著頭緒。

駕駛室裡有兩張收摺式座椅。凱特和湯姆把椅面往下扳，然後坐了上去。

「現在我知道為什麼火車司機老是把頭伸到外面了，」湯姆說：「這樣才看得到前面的路。」

「對啊！真可惜，我們哪裡也去不了。」凱特把頭伸出窗外。
「賀伯特舅舅，這裡看起來真奇怪！」
「我們不知道該做什麼！」湯姆說：「連個方向盤都沒有！」
「開火車用不著方向盤，」賀伯特舅舅朝他們看了一眼，「順著軌道走就行了。」
「喔，對。」
駕駛室裡也沒有煞車或油門踏板——或是凱特分辨不出來。
「它有汽笛嗎？」凱特問。
「有，」賀伯特舅舅說：「不過是蒸汽汽笛，要有蒸汽才會響。」
「喔。」
凱特和湯姆四處繞，轉一轉輪狀把手、拉一拉控制桿、動一動所有可以活動的裝置，但它們完全沒有作用。這列火車看起來很酷，但他們不知道要怎麼玩。他們把

牆板上一個像是爐子的東西打開，裡面全是冷掉的煤灰。

湯姆站在座椅上，假裝自己在開坦克車，用機關槍掃射窗外一群假想的納粹分子，但你看得出來，他的心思沒有完全放在這裡。

他們又從火車上爬了下來，有點敗興而歸。

「你知道我們該怎麼做嗎？」凱特爬下來之後說：「我們應該把這些軌道跟森林裡的舊軌道連接起來。」

她和湯姆有天在森林裡發現了一些埋在樹葉和泥巴裡已經生鏽的舊軌道。

「那些舊軌道嗎？」爸爸說：「它們已經荒廢很久了。」

「好了，好了，」媽媽拍手要大家注意聽，「今天是凱特的生日！誰記得我什麼時候過生日？」

「下星期。」凱特說。

「對，還有一個星期，所以這列火車最多只能停那麼久。賀伯特，你得把它弄走，算是送我的生日禮物。」

「什麼？」凱特說。

「要是我已經準備好別的禮物了呢？」賀伯特舅舅輕聲的說。

「你的禮物是用平板拖車運走一列超大的蒸汽火車嗎？」媽媽兩手插腰說：「你要送我的是這個嗎？」

「不是。」

「那不管你要送什麼，把它退回去。為了我的生日，你一定得把這東西弄走。」

「不要！」在凱特意識到自己做了什麼之前，她脫口大喊：「不行，那是我的！」

3 凱特還說了很多別的話

凱特還對爸爸媽媽說，她恨他們，他們是世界上最壞心、最差勁的人。她說她從來沒有得到什麼很特別或很棒的東西，就算真的有，他們也會把它毀掉。她說他們根本不愛她，一天到晚只會盯著那愚蠢的手機。

我很想告訴你，凱特用冷靜理智的語氣說了那些話，但事實並非如此，她竭盡所能扯著嗓門大吼大叫，然後她說，這是她最糟糕的一次生日。

媽媽命令她回房間去，她說「好，我會的」，然後就砰的一聲用力把門甩上——儘管媽媽正在對她大喊**不准**甩門。整個下午，凱特都待在自己的房間裡。

嚴格說來，凱特講的都不是真的，也許除了最糟糕的生日那句話以外。她的兩歲生日是在發燒嘔吐中度過的，所以只差一點點而已。

凱特心知肚明，她遇到的問題不算是真正的問題，至少比不上書本故事裡的孩子遇到的那些問題。她沒有遭到毒打、沒有挨餓、沒有人禁止她參加皇家舞會，也沒有邪惡的繼父繼母把她丟在森林裡餵大野狼。她甚至不是孤兒！

奇怪的是，凱特有時發覺自己很**希望**遇到那些事，不管是喪屍末日、古老詛咒，還是外星人入侵，任何問題都行，這樣她才能當個英雄，努力存活下去，戰勝一切困難，拯救所有人。

她當然知道這麼想是錯的，她只是想要感覺自己很特別，好像有人需要她。當然，擁有一節蒸汽火車頭並不會讓她變得很特別，**不用說也知道**，但她已經稍微嘗到那種滋味，結果媽媽卻要把它退回去，無論它來自哪裡。

凱特躺在床上，悶悶不樂的凝視窗外，眼睛因為哭過而變得溼溼黏黏的。漫長的下午過去，傍晚時分來臨，她心想，最糟的是她似乎能明白媽媽的意思。她就連對自己也不願承認，雖然這列火車是真的，而且看起來很棒，但它也大得離譜可笑，更重要的是，它其實沒有太大用處。既然賀伯特舅舅為這列火車花了超多的錢，他也許可以送一艘迷你潛水艇、火箭，或者一臺超級電腦。

不然也可以買一套機器外骨骼動力裝，只要不是愚蠢的蒸汽火車頭就好。也許他可以退貨，然後直接給他們現金。

有人在敲她的門，從敲門聲可以聽出來是湯姆。她沒有開門，湯姆走掉，然後又敲一次，然後又走掉，最後他沒敲門就直接走進來，飛撲到雙層床的下鋪。他和凱特各有各的房間，但以前曾經共用一間房，而雙層床現在還在凱特的房間。

湯姆在床上躺了一會兒，但就是靜不下來。他似乎總是擁有超過身體所能容納的充沛精力，非得用某種方式消耗掉不可。他輕輕唱起歌來，然後一邊唱歌一邊敲敲打打，接著踢了踢凱特的床底，假裝中彈，從床上摔下來，想要逗她笑。

凱特沒笑。

「滾開。」她說。

「至少我們可以在火車上玩一個星期，總比沒有好。」

想必有人告訴過湯姆，在這種情況下應該要往好的方面想。但凱特希望湯姆不要來這一套，因為這樣很惹人厭，畢竟從來沒有人奪走他的禮物，從來沒有人叫他回房間去——至少目前看起來是如此。

又是一陣沉默，湯姆還是沒走開。

「我覺得火車燒起來了。」湯姆說。

「很好。」

「妳為什麼要這麼刻薄？」

「因為我討厭它。」

「為什麼？」

「因為我什麼都討厭！包括你！」

「這樣說不大好。」

「我本來就不想要好好說話！」

湯姆望著窗外。

「那妳今天運氣不錯，因為火車真的燒起來了。沒騙妳，妳看。」

凱特把目光轉向窗外，然後皺起眉頭。蒸汽火車頭的駕駛室裡有微光在閃動，看起來像是火光。

「真奇怪。」凱特低聲說。

「妳覺得它是不是真的燒起來了？」

「怎麼可能？它是用金屬做的欸！」

他們兩個悄悄走出房間，從後門溜進傍晚時分的草坪。由於打著赤腳，因此草坪踩起來有涼涼的感覺。你或許以為凱特和湯姆這時已經告訴爸爸媽媽，他們家後院可能發生了火燒車事件，但是他們沒有。這裡有一件很有意思的事正在發生，凱特不希望大人突然闖進來，然後把它奪走——現在還不行。

「嘿，妳看，」湯姆說：「軌道變長了。」

他說得沒錯。那天下午，火車底下的軌道只有一小段而已，現在卻接上了全新發亮的銀色鋼軌，在草坪上向前蜿蜒。

「我覺得妳的點子很棒，」有個聲音從陰影處傳出來，「妳說要把它們跟森林裡的舊軌道接在一起。」

賀伯特舅舅站在那裡，身體斜靠在火車上。凱特現在才看到他。

「我那個點子很蠢，一點也不棒。」凱特說：「森林裡的軌道既老舊又生鏽，就像爸爸說的那樣，而且也許你還沒發現，它們到不了任何地方，就算能到，火車也動不了。」

「其實我有發現。」賀伯特舅舅說：「妳知道，不是只有小孩才會發現事情。」

「可是有時候看來似乎是那樣。」

「可是在大人看來，妳似乎都把時間花在看電視、打電動上，沒有把心思放在現實生活。」

大人總是這樣責備小孩，但是聽到賀伯特舅舅說出這些話，凱特覺得很意外。她原本已經開始寄望他不會是這種人——但他當然是，所有的大人都是。

「我為什麼要把心思放在現實生活上？」凱特說：「現實生活無聊透了！」

「既然妳沒有把心思放在現實生活，怎麼會知道它很無聊呢？」

賀伯特舅舅壓低聲音，故作神祕的說：「也許，這個世界比看起來要有趣得多。」

「如果真的是這樣就好了，」凱特雙手交叉放在胸前，「因為它看起來真的很無聊！」

「那火車上出現的神祕火光呢？它也很無聊嗎？妳是因為它才偷溜出來的，對吧？」

「喔，對，」凱特簡短的回了一句，「我猜是吧！」

她朝火車走了一步，然後轉頭看了賀伯特舅舅一眼。

「反正這事還有得瞧。」

「對，」賀伯特舅舅同意的說：「這事還有得瞧。」

4 這事真的還有得瞧

現在凱特跟火車靠得很近，她注意到另一件事——白色的蒸汽從火車頂端的煙囪冒出來，而且在車輪四周環繞。

她突然感到有點緊張。

「去吧！」賀伯特舅舅說：「就是這個了，現實生活變有趣了，它正在關注妳，這不就是妳想要的嗎？」

凱特不大喜歡別人把她說的話套在她身上，所以她一句話也沒回就光腳踩著硬邦邦的鐵梯登上駕駛室。駕駛室裡亮著熾熱的火光，她和湯姆先前看到的那個有許多冷煤灰的烏黑箱子其實是個小壁爐，而且有人已經點燃了爐火。她可以感覺壁爐的熱氣不斷發散到夜晚的空氣中。

不只這樣，原本空蕩蕩的煤水車，現在也裝滿了一大堆煤炭。湯姆跟在凱特後面爬了上來。

「好酷喔！」他說：「就像露營一樣，我們可以睡在這裡。」

「這很像那間有柴爐的小木屋。」凱特說：「那次我們去滑雪，爸爸第一天就傷到膝蓋，所以後來幾天他的心情都很差。你那時候還很小。」

「我記得，」湯姆坐在椅子上說：「我就是在那時候把『小狐狸』弄丟的。」

「小狐狸」的本名叫做法克西．瓊斯，是湯姆從嬰兒時期就擁有的狐狸玩偶，所以當他把「小狐狸」弄丟時，他幼小的心靈深受打擊——直到現在，只要讀起《狐狸爸爸萬歲》（*Fantastic Mr. Fox*）這本書，湯姆還是會忍不住哭泣。真奇怪，男生明明也有感覺，卻會裝出一副沒感覺的樣子。

凱特可以看見爸爸正在屋內為她的生日晚餐擺放餐具。他看起來彷彿遠在千里之外。

「我希望這是真的火車。」她輕聲的說：「我是說，我希望它真的可以開到某個地方，就像去探險那樣。」

「對啊！」

就在這時，一根粗大的操縱桿突然咚的一聲向前移動。

凱特皺著眉頭，注視著它。

「奇怪，是你弄的嗎？」

「不是。」湯姆說。

凱特把頭伸出窗外。

「賀伯特舅舅，剛剛這裡有個東西動了一下。」

賀伯特舅舅抬頭看著她。

「妳說『動了一下』是什麼意思？」

「就是它好像自己會動。」

他皺起眉頭，「怎麼可能？」

但這時，好幾根用黃銅做的輪狀把手也轉了起來，一些指針和儀表開始跳動，有幾個開關也突然切換了。

「賀伯特舅舅，是真的！東西都在動！而且很明顯！」

這是凱特第一次看到賀伯特舅舅露出沒把握的表情。

「好，妳可能要考慮從那裡爬下來。」賀伯特舅舅用那種試圖跟貓咪講道理的謹慎語氣說：「你們兩個都是，而且恐怕要快一點。」

「凱特，」湯姆說：「也許我們該下去了。」

「但這是怎麼回事？是個遊戲嗎？」

「那不重要！」賀伯特舅舅說：「離開火車就對了！」

湯姆走向車門，但凱特還待在原地。

「你可以走，」她說：「沒關係，但我想在這裡看看會發生什麼事。」

湯姆想了一下。

最後，他用認真嚴肅的語氣說：「那我也要留下來。」

這時，白色蒸汽從火車各處冒出來，飄過草坪。接著，一個旋鈕突然轉開，火車頭燈立刻向前射出純白明亮的光線，照亮草坪、樹木和隔壁房屋的側牆。火車底下還傳來一陣尖銳清脆的**喀嗟聲**，聽起來不像有東西斷掉，比較像是某個卡住很久的東西終於鬆開了。

「那是煞車！」賀伯特舅舅大喊：「快點！快下來！」

喊——

火車頭發出一陣粗厚低沉的聲音，就像一頭沉睡千年的古老怪獸終於醒來，然後深吸一口氣。

「等一下，這是真的還假的？」凱特叫著。

「這是魔法！」賀伯特舅舅隔著嘶嘶作響的蒸汽大喊，「妳不相信我是靠努力工作變成有錢人的，不是嗎？」

凱特很懷疑這一切是否為真，因為現實生活不像書中那樣有魔法存在，但現在她卻找不到別的理由可以解釋。

嘁——

嘁——

嘁——

整列火車發出嘁嘁嘁和噹噹噹噹的聲音。這個一百零二點三六噸的龐然大物開始在軌道上前進，而且順暢得就像划過靜水池塘的船一樣。看到這種噸位你就知道，它一旦進入運行狀態，要它停下來是不可能的事。

賀伯特舅舅開始跟著火車一起跑，還自言自語的說著「**完了完了完了**」，想要像電影裡演的那樣跳上火車。但不知什麼原因，凱特並不害怕，反而感覺自己從來沒有這麼開心過。

她覺得心中的某個東西好像也跟著釋放出來，彷彿她的煞車終於鬆開了。就是這個，她一直在等待的就是**這個**。

賀伯特舅舅終於發現，要跳上一列行進中的火車比在電影上看到的還要困難。

「賀伯特舅舅，快點！」凱特叫著。

「我辦不到！你們快跳下來！」

「我才不跳。就像你說的，生活變有趣了。」

「但有趣過頭了！**這**太過頭了！」賀伯特舅舅停下腳步，兩手撐在膝蓋上不停喘氣，「你們還沒有準備好！」

「準備好什麼？」

凱特覺得自己已經準備好做任何事。風吹打著她的頭髮，她不知道自己正在做一件很聰明還是很愚蠢的事，但在這一刻，她什麼也不在乎，因為她的心臟興奮得快要蹦出來了。

這比「麵包車動物」好太多了。

嘁——

嘁——

嘁嘁——

嘁嘁——

賀伯特舅舅再次試著追上他們，但很快又停了下來，他的體力真的不是很好。

凱特和湯姆離他愈來愈遠了。

「對不起！」賀伯特舅舅大叫，「這不該發生的！有個重要任務在前面等著你們，一個很重要的任務，所以……盡力去做就對了！」

火車沿著軌道在草坪上加速前進，順暢得就像冰刀滑過冰面一樣。

現在他們只缺少一樣東西。

「我要怎麼弄出汽笛聲？」凱特喊著。

「晃來晃去的東西！」

那是賀伯特舅舅在他們眼前消失之前說的最後一句話。

一根木製拉桿懸在車頂，凱特伸手一拉，汽笛聲立刻劃破夜晚的寧靜：

嘟——嗚——

整條街都聽得見這聲音，感覺好像全世界都聽得見這聲音。凱特又拉了一次汽笛，然後她讓湯姆也試試看，因為她是個慷慨的人。

5 事情愈來愈奇怪

火車沿著軌道向右彎，駛進他們家後面的森林，勉強讓凱特和湯姆沒有撞破圍籬、摧毀鄰居的屋子，甚至是撞上鄰居。

然而，他們開始一路在森林裡橫衝直撞。

「我簡直不敢相信！」凱特喊著，「這太瘋狂了！」

「呼——」湯姆叫著，「呼——」

「這真的很瘋狂！」

火車撞斷樹枝、推倒樹幹，綠葉在夏夜裡四散紛飛，車頭燈向前射出的白色光束就像是巨龍吐出的烈焰。他們會遭遇很多麻煩，**很多很多麻煩**，他們會**永遠**為此付出代價，但這完全值得！

他們對這片森林再熟悉不過。他們在這兒住了一輩子，爬過每棵樹，從每棵樹上跳下來過、摔下來過，也搖來盪去過無數次，卻不曾在晚上從一節失控蒸汽火車頭的駕駛室看這片森林。

凱特心裡有數，等火車撞到某個巨大的東西，或者開到軌道盡頭翻覆停止時，他們就會面臨最終的撞擊。那將是一場災難，但卻是值得的。她發誓這一輩子都不會忘記：今晚她坐在屬於自己的真實蒸汽火車裡，穿越她家後面的森林。

但火車沒有發生巨大撞擊或翻覆，反而繼續前進。鳥兒嚇得狂飛，粗硬的樹枝刮著窗戶，姐弟倆歇斯底里狂笑起來。這列火車打算開多遠啊？

然後，湯姆停下笑聲。

「等等，」他說：「我們到了山坡以後，會發生什麼事？」

這是個好問題。

古時候，繪製地圖的人會在他們不知道的地方畫上一堆巨龍和海怪，而不是土地。人們還在最古老的地圖上，用拉丁文寫下「Hic sunt leones」，意思是「這裡有獅子」，表示這裡是未被探索或很危險的區域。

從凱特和湯姆家後方進入森林大約四百公尺的地方，有個幾乎是懸崖的陡峭山坡，山頂圍著一道鐵網圍籬，山腳下有一片可怕的黑暗沼澤，那裡有很多蟲子，據說還有一隻大到可以咬掉你腳的鱷龜。假如古時候的人替凱特和湯姆家後面的這片森林製作地圖，那座山坡就會是他們開始畫上海怪或獅子的地方。

凱特冒著生命危險把頭伸出窗外。

「天啊，我們快到那裡了！」

「凱特，」湯姆嚴肅的說：「會發生什麼事嗎？我是說，真的會發生什麼事嗎？我們該不該跳車？」

「我不知道！」

凱特全身發軟，非常驚慌。她的年紀比湯姆大，她應該要知道的！這是她第一次意識到，也許事情不會有什麼好結果。她在想沼澤到底有多深，萬一火車衝進水裡沉下去，他們可能會被困住，他們可能會淹死。

但是來不及了，因為當她正在思考時，她感覺銀箭號像磚塊打破玻璃窗般輕易的衝出鐵網圍籬，接著像雲霄飛車急速下墜前那樣稍微停頓再往前傾斜，然後開始以恐怖的速度往山下俯衝。

從車輪傳來的**喀噠聲**變得愈來愈快，愈來愈快。凱特緊閉雙眼，感到一陣反胃。她咬緊牙關，死抓著座椅不放，直到指關節都變成了白色……

結果，什麼事都沒發生。火車衝到山腳下後，就只是繼續順暢的向前行駛，雖然速度快了些，但安靜許多，沒有任何樹枝被撞斷。凱特慢慢放鬆下巴肌肉，雙手也從座椅上鬆開。火車發出愉悅的排氣聲，凱特小心翼翼的張開眼睛。

他們原本應該已經沉入沼澤淹死，而且那隻鱷龜等不及要咬掉他們浮屍上的腳，但此刻他們卻在黑暗寂靜的森林裡平穩前進。

凱特很明白這裡只有沼澤，沒有森林，再過去是個辦公園區，然後是一條高速公路。這根本是不可能的事。

但這片森林似乎一點也不在乎，它只是愈來愈深，愈來愈黑。

「我們在哪？」湯姆低聲說。

「我不知道！」

「我不敢相信我們在一列真的火車上！」

「我知道，可不是嗎？」

「我的意思是，現在到底是什麼狀況！」

在接下來的幾分鐘裡，凱特和湯姆的對話出現了三個版本，雖然各有不同，但基本上都一樣。他們提到火車可能會開到霍格華茲，又斷言可能不會開到那裡，儘管那樣很酷。還有，這天是凱特的十一歲生日。

凱特從她這邊的駕駛室窗戶探頭出去，湯姆從他那邊的窗戶探頭出去。她想知道他們會去哪裡，還有去那個地方是不是個好主意，而且如果逼不得已，他們能不能跳車卻不受重傷，以及他們跳車後要花多久時間才能走回家，最後就是他們回到家以後，爸爸媽媽會如何把他們罰個半死。這對葛麗絲．霍普那套先斬後奏的理論來說，肯定是個嚴峻的考驗。

然而，與此同時，她全身上下終於充滿了等待一輩子渴望得到的那種興奮、活力和喜悅，任何代價都是值得的。

儘管這時是六月，外頭的空氣卻是冷颼颼的。凱特穿著T恤發抖，幸好有爐火可以取暖。幾分鐘後，她從前方的樹木之間看見一道微弱光線。

那道光線一開始昏暗而遙遠，在樹枝之間忽隱忽現，但後來愈來愈清晰明亮，最後整個出現在他們眼前。那是一座火車站。

它並不華麗，只是一座矗立在林中空地上的鄉村小站。它有一座亮著燈光的長形月臺，旅客們正在月臺上等車。

不過那些旅客並不是人類，而是動物，包括幾頭鹿、一匹狼、幾隻狐狸、一頭大棕熊、一些兔子或野兔（或者其實牠們都一樣？）、一隻臉上有條紋的獾。月臺後面的欄杆上還棲息著各種大大小小的鳥類。

牠們只是站在那裡，就像等候早班火車的通勤者那樣靜靜站著。每隻動物的嘴裡都叼著一張車票。

6 嗒嗒嗒——叮！

銀箭號以緩慢平穩的速度進站，然後噴出一大團白色蒸汽，在一陣響亮的嘶嘶聲中停下來。月臺上有個老式時鐘，是那種裝在燈柱頂端附一盞燈的圓鐘。現在將近晚上十點，已經很晚了。

湯姆走到凱特身邊，看著那些動物，動物們也轉頭看著他們。牠們只是站在那裡，並沒有像野生動物通常會出現的反應那樣馬上逃跑。

這彷彿是一場夢。在車站燈光的照射下，他們可以看見自己吐出的霧氣，因為空氣實在很冷。

終於，湯姆開口了：

「嗨。」

凱特並非一直都很慶幸湯姆在身邊——事實上，很多時候她寧願他不在身邊——但在這一刻，她卻感到慶幸。她知道自己常常猶豫不決、想太多，湯姆就沒有這個問題，他總是想到什麼就說什麼。

一隻小灰狐低下頭來，小心翼翼把票放在月臺上。

「嗨。」牠說。

「嗨。」凱特說。

「這裡已經很久沒有火車經過了。」灰狐說。

「很久很久了。」獾一邊說，一邊用爪子取下嘴裡的車票。

凱特本來想說「是這樣嗎？」或「竟然有這種事！」，但很快就打消了這些念頭，因為聽起來遜斃了。

「有多久？」湯姆問。

「大概三十年吧！」獾說：「你們去哪兒了？這麼晚才來。」

「等一下——你——怎麼可能會說話？」凱特說。

「喔，我知道，」灰狐說：「我們有時的確會說話，只不過不是在人類面前而已。坦白說，我們不是經常遇到值得交談的人類——我完全沒有冒犯的意思。」

凱特認為這很合理。「但你們該不會一直都站在這裡等車吧？」她說：「我說的是，整整三十年？」

「喔，不，當然沒有，我們只是偶爾來這裡看看。我是說，我們是動物，

沒有要上班什麼的。」

「我猜也是。」

「你們需要到鐵路機廠取車，而且要快，」一隻野兔說：「現在已經滿晚了。」

「鐵路機廠，」凱特說：「好，謝謝，我們會去那兒的。」

這聽起來是個好建議。

「回頭見。」

動物們又叼著車票回去等車。經過一陣晃動和響亮的嘶嘶聲之後，銀箭號再度沿著軌道前進。湯姆拉動汽笛，火車發出兩聲短促的巨響：

嘟！嘟！

凱特還搖了搖鈴鐺。沒多久，他們就把車站的燈光遠遠拋在身後了。

「你看到了嗎？」凱特問。

「我全都看到了！」湯姆說。

「那些動物說話了！對我們說話欸！」

不僅如此——這已經夠不可思議了——動物們說的話也讓凱特豎起了耳朵。這不只是一趟愉快的旅程而已，他們正在前往一個特定地點——也就是鐵路機廠，不論那是什麼地方——而且是為了一個原因，也就是去取車。很顯然，一趟愉快的旅程已經很棒了，但現在這樣更棒。這可不是玩玩而已，他們正在執行一項任務，他們有工作要做。

溫暖的火光讓駕駛室開始散發舒適感，空氣中還有一股像是熱機油那樣有趣的鹹辛氣味。所有東西都是用黃銅、皮革、木頭和玻璃做的，感覺很老舊，就像在博物館裡用天鵝絨繩圍起來的地方。

「不曉得是誰在開這列火車，」湯姆說：「我是說，我們完全沒在開。」

「誰知道啊？」

突然間，他們身後傳來一陣「嗒嗒嗒—叮！」的聲音，有點像是老式打字機的聲音。

凱特之前沒有注意到，但現在駕駛室牆板上的管子、表盤和控制桿之間有一小捲紙張。它一邊從牆板裡冒出來，一邊捲回去，而且剛剛印上了一句話：

我知道

他們才讀完這句話，它就立刻往回捲進去，然後繼續有紙張隨著「嗒嗒嗒——叮！」的聲音跑出來。這真的就像一臺打字機，或者說一臺低科技的印表機。更多訊息出現了，而且打得很工整：

以下是這節蒸汽火車頭的操作說明

糟了，凱特心想，這下有得瞧了。

嗒嗒嗒——叮！又有訊息出現。

蒸汽火車頭的操作方法很複雜
但是別擔心，我會教你們怎麼做

「好極了，」湯姆翻了個白眼，「火車學校。」

嗒嗒嗒──叮！

這不是「火車學校」

這叫做學習

如果正確操作，就會覺得很有趣

雖然不可否認的，幾乎沒有人正確操作過

湯姆雙手抱胸，露出懷疑的表情。

聽著，學習事物很困難也不怎麼愉快

如果不是這樣，所有人就會一直學習
然後所有人都會變成萬事通
是不是

凱特聳了聳肩，「我猜是吧！」

妳猜對了
你們需要的是一位好老師
幸好我就是

「是喔！」湯姆喃喃自語。

我說得沒錯

「你怎麼可能會說話？」凱特問。她心裡很清楚，她也問過灰狐一模一樣的問題。

我不知道，我就是會

「你是那種超大型金屬機器人還是什麼的嗎？」

我不知道

我是說，妳難道不是個有骨有肉的機器人嗎

如果妳仔細想想的話

凱特想了想，她認為它說得滿有道理的。

現在，你們唯一的工作就是給我更多煤炭

煤炭在煤水車裡，只要把它們鏟進火箱就好了

火箱就是裡面有火在燒的箱子

「我有想到。」湯姆說。

少說點話，多加點煤炭

煤水車的掛鉤上掛著兩把短鏟子和兩雙工作手套。凱特和湯姆戴上手套，把大塊大塊的黑色煤炭鏟進火箱。他們只鏟了幾次，爐火就又開始發光發熱了。

他們做得很好，出乎意料的令人滿意。

「所以，」凱特說：「我猜這是一列會說話的火車。」

「我猜是吧！」

嗒嗒嗒——叮！

我猜是吧

7 鐵路機廠

火車噴著蒸汽一路前進。凱特心想，現在他們加了更多煤炭，所以火車的噴氣聲變得更快、更有力了。她沒有養過寵物，因為她爸媽對天底下所有動物都過敏，但這跟她想像中餵寵物吃東西的感覺很像，只不過餵的是一隻可以載人的超大型金屬寵物。

雪花飄落在樹叢之間，想到現在應該是夏天就讓人覺得非常奇怪，但更奇怪的是其他正在發生的事。這列火車不斷跟他們說話，它解釋了汽門如何運作、煞車在哪裡，然後叫他們看向窗外。

外頭有狀況發生——火車行駛的軌道分岔成兩條，然後繼續分岔再分岔，那些分岔出去的軌道也各自分岔。不一會兒，一條軌道就變成幾十條彎向左右兩邊的軌道。

這些暗暗發亮的軌道迅速占滿了他們所在的廣大空地，看起來就像一大盤鋼條義大利麵。

凱特和湯姆小心翼翼的收汽門、使用煞車，於是銀箭號跑得愈來愈慢，愈來愈慢，最後噴出一大團蒸汽，停了下來。

他們看到四周的軌道上停放著許多火車車廂，也許有好幾百節，而且顏色和形狀都不相同，有的又粗又短，有的又細又長，有的看起來又舊又鏽而且布滿灰塵，有的又新又亮。

雖然時間很晚了，但凱特感覺自己從來沒有這麼清醒過。

「這一定是鐵路機廠，」凱特說：「就是灰狐告訴我們的地方。」

「牠讓我想起『小狐狸』。」湯姆說：「妳覺得我們現在應該怎麼辦？」

他們注視著火車用來發布訊息的那張紙，但上面隻字未提，一片空白。外頭沒有任何東西在移動，路燈對所有物體投射出柔和而神祕的光線，照亮了飄落在白色圓頂上的雪花。來到這麼荒涼的地方，身邊又沒有大人，凱特突然感到緊張起來。

這時，有人跨越覆蓋著白雪的軌道，快步朝他們走來。那是賀伯特舅舅。

賀伯特舅舅！能看到他真是太好了！凱特和湯姆今天頭一次跟他見面，但感覺卻像遇到老朋友一樣。賀伯特舅舅手上拿著一塊手寫板，頭上戴著一頂呆呆的列車長帽，身上還穿著一件亮黃色連帽厚外套，用來搭配他的蕉黃色西裝。

他停下腳步，抬頭看著他們。

「凱特、湯姆，很高興見到你們。你們已

經走這麼遠了。」

「賀伯特舅舅！」

「賀伯特舅舅！」湯姆說：「我們穿過森林都沒有撞車然後我們看到一座車站有好多動物在那裡然後牠們跟我們說話然後火車也說話了！」

湯姆像連珠炮似的一口氣講完這些話，賀伯特舅舅沒有露出一絲驚訝的表情。

「你是怎麼比我們先到這裡的？」凱特問。

「靠更多的魔法。」賀伯特舅舅說：「聽著，這件事是個天大的錯誤，這一切不該發生——或者至少還不該發生。火車太早離開了，也許它逼不得已，也許它等不及了，我不知道，但我不喜歡這樣。我們最後沒進扇形車庫就算運氣好了。」

「可是現在說這些都太晚了，你們不能回頭，只能盡最大的努力繼續前進。你們有個行程表要照著走。」

「等等，我們有行程表喔？」凱特說。

「我們需要馬上幫你們組裝一列火車。幸好這裡很多年都沒有人經過，所以幾乎所有東西都有存貨。你們想要什麼車廂？」

「車廂？你是說火車車廂嗎？」

「對。」

「你看起來真的要給我們一堆火車車廂。」

就像不能太相信取整數取過頭的數字一樣，凱特從經驗中學到，不能太相信主動提供免費東西的人。

「我給了妳一節蒸汽火車頭，不是嗎？」

「嗯，好吧！有哪些選擇？」

「不是這樣的，這不是餐廳，妳不是在看菜單點菜。這是妳的火車，所以妳必須自己想好。」

凱特和湯姆互看了一眼。

賀伯特舅舅體貼的說：「我可以建議你們先從載客車廂開始嗎？」他聽起來倒有點像高檔餐廳的服務生。

「當然可以，」凱特說：「聽起來很不錯。」

「對啊！」湯姆說。

「兩節載客車廂？」

「好，」凱特說：「兩節載客車廂。」

「好極了。還需要什麼呢？」

還有哪些類型的火車車廂呢？凱特的腦袋一片空白，她真的不是那種超級喜歡火車的小孩。

「一節……用餐車廂？」

「用餐車廂。好的。」賀伯特舅舅記在他的手寫板上。

凱特想不出別的了，「湯姆，你來選吧！」

「呃，我們可以有兩節用餐車廂嗎？」

「這有意義嗎？」

「就像兩間不同的餐廳，如果吃膩了一間，還可以吃另外一間。」

凱特認為很可笑，但賀伯特舅舅也把它記下來了。

「再加一節……用餐……車廂。好的。這樣需要一節備餐車廂來搭配。」

「兩節備餐車廂！」湯姆愈來愈感興趣了。

「好的。還需要什麼？」

一直沒有人開口。

「一節臥鋪車廂。」凱特說：「有這種東西，對吧？」

「臥鋪車廂。」

「我想不出別的了。」

「不，」賀伯特舅舅說：「妳想得出來的。」

凱特想到了某個東西。雖然很蠢，但她想不出別的了。

「我想要一節圖書室車廂，」她說：「一節裝滿書本的車廂，裡面還有大皮椅那些東西，讓人有個可以看書的地方。」

她感到有點尷尬，但賀伯特舅舅的表情沒有任何變化。

「圖書室車廂。」他記下來了，「還需要什麼嗎？」

「電影車廂。」湯姆說。

「不行。」

「什麼？」

「你可以在家看電影。」

「可是她有圖書室車廂欸！」

「我相信她會讓你使用的。」

「這簡直是在搶錢！」

「好吧，我退錢給你。等等，你根本沒有付我錢。沒錯！你不用花一毛錢就能得到一列火車！」

「那我要一節武器車廂……兩節好了，一節用來擺刀和劍，一節用來擺槍。」

「不行。」

「電玩……」

「不行。」

「網路……」

「不行。」

「好吧！」湯姆雙手交叉放在胸前，「我要一節糖果車廂，這是我最後的提議。」

「糖果車廂！」賀伯特舅舅露出十分吃驚的表情，讓凱特忍不住笑了出來。

「這是我聽過最荒謬的事了！」

「喔，別這樣！」湯姆說：「一定會很棒的！」

「我是開玩笑的，」賀伯特舅舅說：「你當然可以擁有一節糖果車廂。還需要什麼呢？」

「一節游泳池車廂。」凱特說。這值得一試，尤其是如果有糖果車廂這種東西的話。

「可以啊！」

「好，」她說：「複述一遍。」

賀伯特舅舅念著：「兩節載客車廂、兩節用餐車廂、兩節備餐車廂、一節臥鋪車廂、一節圖書室車廂、一節糖果車廂、一節游泳池車廂。」

二、四……十節車廂。這樣應該沒錯，只不過也許短了一點。

「給我們一節平板車廂，」湯姆說：「有一塊平平的板子就好，這樣我們就可以站在上面假裝衝浪。我們還應該要有個篷車車廂，火車都有這種車廂。」

賀伯特舅舅把它們記在手寫板上。

「我想，」凱特說：「我們應該有一節神祕車廂，沒人知道裡面有什麼，但那會很酷。」

她以為她可能要求太多了，但賀伯特舅舅也把它記了下來。

「我能想到的就這些了。」凱特說。

「我也是。」

「還需要一樣東西。」賀伯特舅舅說。

「什麼？」

「快想想，每列火車都有的。」

「喔——守車（掛在貨物列車最末節，專供列車長辦公確保行車安全）！」

「這樣就搞定了。」賀伯特舅舅轉身準備離開。

「賀伯特舅舅，」湯姆似乎在努力思考該怎麼提問，「我們為什麼在這裡？」

「你是說鐵路機廠嗎？」

「不是，我是說，為什麼我們在一個鳥不生蛋的地方搭火車？我們要去哪裡？」

這是個好問題。凱特不禁思考為什麼她沒想過要問這個問題。她有種頭暈目眩的感覺，好像自己捲入了一件比她所能理解更為重大的事情，如同正在參與一場規模浩大但還不清楚玩法的遊戲，或者無意間朝大樓窗外看了一眼才發現自己原來站在那麼高的地方。

「你們要去探險，」賀伯特舅舅說：「這不是你們想要的嗎？」

「對……」

湯姆看起來不是很滿意這個答案，但賀伯特舅舅只是揮了揮手寫板。

「我會把這個交給火車調度員。你們只要記住：水箱要裝滿，爐火絕對不能熄滅，而且要留意暮星的蹤影。」

賀伯特舅舅轉身離開，然後又停下腳步，在黑夜裡注視著他們，「等一下，好像哪裡不對勁。你們看起來……懶洋洋的，沒有精神。」

這再次證明他很少跟小孩打交道。

「我們累了，賀伯特舅舅，」凱特說：「真的很晚了。」

她一說完，就打了個哈欠。

「喔。」賀伯特舅舅揉了揉下巴，「沒錯，你們的睡覺時間大概過了吧！不然我們把載客車廂和臥鋪車廂接起來，這樣你們就可以睡了。」

「你是說睡這裡？睡火車上？爸媽那裡怎麼辦？」

「我會跟他們解釋的。」

「他們會瘋掉，」湯姆說：「你知道吧，他們會真的瘋掉。」

「這對他們來說也許是好事，」賀伯特舅舅說：「他們太理智了，兩個人都是。晚安。」

他說完就走開，想必是去找火車調度員了，無論那是什麼人。

凱特突然感到眼皮沉重，她沒有想到自己這麼累。時間很晚了，而且大概有兩個月分量的事在一天之內全部找上她。她坐在小小的收摺式座椅上，靠著牆板，閉上了眼睛。

她想知道賀伯特舅舅說的魔法是什麼。那是不可能的，沒有那種東西，但是他聽起來不像是**隨口說說**而已，而且證據就像暴雪般不斷累積。

葛麗絲・霍普的智慧名言又在她的腦海浮現：「如果他們把你擱在一個無所事事的地方，那就去睡覺吧，因為你不曉得什麼時候還能睡。」

不知道過了多久，凱特突然感覺到輕微的碰撞。**一定是接上第一節載客車廂了**，她閉著眼睛想。接著又一次**碰撞**：第二節載客車廂。

希望那些動物會喜歡，她心想。

然後又一次**碰撞**：那一定是臥鋪車廂。

彷彿在夢中似的，她和湯姆從駕駛室爬了下來。他們甚至沒有注意到火車嗒嗒嗒——叮的說

晚安

在一個原本應該是夏夜的冬夜裡，來到一座不應該存在的鐵路機廠，實在是一件超奇怪的事，但凱特累得無法管那麼多了。深夜的空氣冷得要命，地上的碎石混雜著積雪，讓光腳走路變得非常痛苦。火車車廂大得跟房子一樣，聳立在他們眼前，而且在人造燈光的照射下製造出鮮明的黑影。他們兩個走過載客車廂，找到了臥鋪車廂。

臥鋪車廂漆著溫馨的奶油色，就像象牙或精緻的紙張。車廂兩端各有一道門，第一道門以工整的字體印著「湯姆」，第二道門印著「凱特」。當凱特走到她那道

門前面時，車門自動打開，鐵製小臺階也巧妙的自動展開。這比登上火車頭要容易得多。

車廂裡很暖和，燈光很昏暗。其中一面牆板上有個小水槽，水槽上有一面鏡子，旁邊有個鉤子掛著一條柔軟的白色毛巾，還有個架子擺著琺瑯杯，杯子裡放著牙刷和牙膏。所有東西的尺寸都稍微縮小過，以配合火車車廂的隔間，讓人感覺好像在一間高檔玩具屋裡當玩偶一樣。

凱特看到一只衣櫃，裡面有一件剛好符合她尺寸的柔軟長袍、一雙拖鞋，還有一個小抽屜，抽屜裡擺著一件摺疊整齊的藍白條紋法蘭絨睡衣。凱特心想，不管打點這些東西的人是誰，都非常有條理。

因為太累了，所以凱特只往臉上潑了一點水，然後用毛巾把臉擦乾。睡衣穿起來涼爽、柔軟又乾淨。她沒有刷牙，因為如果你還得刷牙，那麼在一列魔法火車上睡覺還有什麼意義呢？

牆板上有一張可以往下掀開的小床，床邊有個小書架，讓人可以在睡前看看書。這是凱特平常會做的事，但今晚不會，因為她已經累得連看書的力氣都沒了。她把燈關掉，窩進毯子裡，然後心滿意足的深吸一口氣。臥鋪車廂聞起來就像乾淨的亞麻布和散發香氣的木頭。床鋪上方有道小窗，往上看就能觀賞到星星。

這時，牆板上一扇小門打開了。湯姆透過小門，從臥鋪車廂的另外半邊朝這裡看過來。

「嘿！」他說。

「滿棒的，對吧？」

「真的很棒。」湯姆停了一秒鐘，「嘿——我可以開著這扇小門睡覺嗎？」

有時候凱特會忘記湯姆比她小兩歲。除了爺爺奶奶家以外，湯姆從來不曾在外面過夜，現在卻要睡在一座神祕鐵路機廠裡一列會說話的火車上。

或許這也會讓她感覺更棒。

「當然可以，湯姆，晚安。」

「晚安。」

凱特閉上眼睛，進入夢鄉。

8 請拿出車票

凱特在火車喀噠喀噠的和緩節奏聲中醒來。早晨的陽光穿過小窗射進臥鋪車廂，她坐了起來。有那麼一秒鐘，她不知道自己身在何處。

然後，記憶再度湧進腦海——她的生日、蒸汽火車、賀伯特舅舅、動物們，以及所有事情——那速度快得令她暈頭轉向。她從門孔裡偷看湯姆的臥鋪，看起來就跟她的臥鋪一模一樣，只不過是湯姆在裡頭。他還在睡覺。

凱特打開窗戶。早晨的天氣寒冷晴朗，而且聞起來有白雪森林的味道。往前看，銀箭號的火車頭正噴出灰色煙霧和白色蒸汽；在他們後方，則連接著一長排像樣的火車車廂。那些車廂的顏色各不相同，包括黑、白、松綠、天藍、磚紅和推土機黃。其中一節漆成深靛藍色的車廂，比其他車廂高出了將近一公尺。

凱特數了數車廂，總共有十五節。不管要去哪裡，他們正搭著一列真正的火車往前進。

衣櫃裡有新衣服可以穿，這很棒，因為在明顯是冬天的這個時刻，她身上的衣服實在太薄了，而且也不怎麼乾淨。只不過這些衣服看起來有點奇怪：一件白色襯衫、一件灰色厚棉工作服、一件相襯的西裝外套、一件以黑色油蠟帆布為材質並鑲著有趣銅釦的老式冬季大衣，還有一雙令人興奮、充滿大人味的黑色鐵頭靴——它很適合用來踹人，如果出於某種原因不得不這麼做的話。

她換上新衣服，只留下大衣，然後走回用餐車廂——或者說其中一節用餐車廂，假設它真的有兩節。

早餐餐臺上供應著自助式餐點。凱特拿了炒蛋、穀麥脆片和優格，還有一些漿果、培根、吐司配奶油和桃子果醬——培根和吐司都烤得有點焦焦的，她剛好喜歡這樣——再加上一大杯新鮮的柳橙汁。她覺得自己拿這麼多有點貪心，但隨後又想，既然已經拿了，倒不如就好好享用吧！

她把所有餐點擺在靠窗的桌子上，然後回到臥鋪車廂，從床邊的小架子上拿了一本書。對某些人來說，沒有什麼事比一個人在行駛的火車上邊吃早餐邊看一本好書更棒了，凱特就是其中之一。

她有一種感覺，一種全新的感覺，甚至談不上是感覺，比較像是她沒有感覺到很多原本經常會有的感覺——她不感到疲累、無聊、沮喪，也不渴望自己在其他地方做其他事情。那些感覺全都消失了。雖然基本上她還是不知道發生了什麼事，但她知道她可以盡情的做自己，就在此時此地，就在當下。她等不及想知道自己接下來會感覺到什麼。

火車慢了下來，他們即將回到昨晚經過的那座車站。湯姆走了進來，打了個哈欠。他還穿著睡衣，嘴裡嚼著一塊培根。

「妳覺不覺得我們應該做點什麼？」他說。

「也許吧，但我不知道要做什麼。」

嗒嗒嗒──叮！

這時，又有一張滾動的紙片跑出來，就在用餐車廂的門邊。凱特現在才注意到。

對，你們是該做點什麼

「嗯？」湯姆說：「你要我們猜猜看嗎？」

那再好不過了，但你們只會猜錯

火車快到站了

到載客車廂檢查乘客的車票

「喔！」

確實滿合理的，而且聽起來不困難，至少理論上是這樣。

他們在載客車廂車門旁嵌在牆板中的櫥櫃裡，找到兩頂現在看起來沒那麼呆、繡著小小「SILVER ARROW」字樣的列車長帽，還有兩把看起來挺神祕而且列車長都會用到的金屬剪票器。

他們默默的戴上帽子，皺了皺眉頭，然後互相交換。這樣好多了。

「嘿，妳為什麼會有制服？」湯姆問。

如果有什麼事讓湯姆感到討厭，那就是看到凱特得到某樣東西，他卻沒有。這種想法很幼稚自私，而凱特也有相同的感覺。

「它在臥鋪車廂的衣櫃裡，你沒仔細看嗎？」

「沒有！」

刺耳的煞車聲響起，火車停了下來。

「嗯，來不及了，」她說：「你得穿著睡衣查票了。」

「啊！」

車門開了，月臺上還是有許多耐心等車的動物。凱特不禁納悶，牠們是不是整晚都待在這裡？也許動物不會感到無聊吧！

所有動物開始排隊上車。

即使按照人類的標準來看，牠們仍算是非常有禮貌——沒有推擠、沒有吠叫、沒有吼叫、沒有嘎嘎叫，也沒有企圖吃掉任何同伴。儘管凱特確實發現，體型較大、掠食性較強的動物會坐在前方的車廂，包括一匹狼、一頭熊和幾隻大貓頭鷹，而體型較小、毛較蓬鬆、較禁不起攻擊的動物則緊守後方的車廂。牠們的毛皮或羽毛上面都覆蓋了一層薄薄的雪。

這些都是野生動物，並不是看起來總是無精打采和沮喪絕望的寵物、農場動物或動物園裡的動物，而且她跟牠們之間沒有任何東西擋著——沒有圍欄、沒有玻璃，什麼都沒有。只要她敢，她可以伸出手來摸摸牠們。她幾乎像是牠們的同伴。

跟先前一樣，每隻動物的嘴裡都叼着一張紙製車票。

牠們一隻接著一隻進入載客車廂的老式包廂隔間裡。狐狸們靈巧的蜷縮在座位上，把尾巴收到下巴底下。小鳥成排棲息在行李架和椅背上。大型動物得稍微擠一擠才能把自己塞進座位。負鼠、兔子這些膽子小的小動物們則躲在座位下方。大家都離一隻行動緩慢的大豪豬遠遠的。

外頭的冷空氣跟著動物們一起湧進車廂，凱特穿著列車長的西裝外套瑟瑟發抖——她其實應該回去換上冬季大衣，但現在已經太晚了。等火車再度行駛，她打開第

一間包廂的門，裡面有一頭小鹿和牠的爸爸媽媽、一隻外表陰鬱且羽毛殘破的灰鷹，還有一群窩在座位底下的老鼠。

牠們全都看著凱特。凱特清了清喉嚨，她希望有人能早點告訴她該做什麼，以及該怎麼做。

但最糟能糟到哪去呢？牠們有車票，她要向牠們取票。

「請拿出車票。」凱特說。

母鹿優雅的向前伸長脖子，嘴裡叼著一家大小的三張票。車票上印著牠們的齒痕，以及「豪蘭森林」（Howland Forest）的字樣。凱特拿著剪票器摸索了一下，才終於弄清楚要怎麼使用，接著她在車票上打洞，然後還給母鹿。

這其實讓人很有滿足感。她猜想這列火車一定是開往豪蘭森林——不管那是什麼地方，她希望銀箭號知道。

9 豪豬對上鳥兒：開戰！

下一個包廂裡有更多鳥、兩隻烏龜，還有一隻體型修長苗條而且毛茸茸的動物，她心想可能是黃鼠狼之類的。接下來的包廂由一頭巨大的黑熊獨自使用。再接下來的那個包廂有一隻胖嘟嘟、臉上帶著黑色條紋的貛（就是她先前看過的那隻）、一群嬌小卻看似天不怕地不怕的斑點臭鼬，還有一排昏昏欲睡的蝙蝠。

動物們的車票上印著各式各樣的目的地：**懷特島**（Isle of Wight）、**下西利西亞森林**（Lower Silesian Wilderness）、**嵯峨野竹林**（Sagano Bamboo Forest）……而且牠們聽起來好像來自世界各地。凱特想知道為什麼牠們有辦法去那些地方，還有如何期待搭著蒸汽火車去那些地方，但她覺得不能過問，她的工作是剪票，她做好自己的事就夠了。

她在一隻貓科動物的車票上打了洞。牠不是家貓也不是很大隻的貓，而是介於兩者之間。牠身上的毛有斑點也有條紋，而且顏色很有趣——灰色帶了點橄欖綠。

「謝謝。」牠說。

「不客氣。」

這隻是截尾貓嗎？還是其他山貓？凱特沒研究過。

「在上次那件事發生之後，妳還到這裡來，真的很勇敢。」這隻不知是什麼種類的貓說。

凱特用奇怪的眼神看著牠——還是她？聽起來像是她。凱特心想，如果動物們打

算跟她說話，那她就不應該用「**牠**」這個代名詞。凱特想要回答說，自己沒那麼勇敢，因為她不知道上次發生了什麼事，以及「**等一下，妳到底在說什麼？**」，但她還有很多車票要剪。

最後一個包廂裡有更多總是繞著圈子互相追逐的黃鼠狼——或水鼬？白鼬？另外還有一隻很大的野火雞、更多蝙蝠和一匹狼。那匹狼看起來像是一個披著狼皮的惡魔，但是等你認識她以後，或許會覺得她很棒。

然後凱特完成了任務，她靠在走道牆板上深吸一口氣。咻，還滿順利的。

就在這時，走道另一端的包廂傳來一陣嘰嘰喳喳、咯咯嘎嘎的激烈吵鬧聲。凱特趕緊走過去，並且拉了拉她的列車長帽。一隻顏色醒目、有著黑頭白身橘喙的鳥，正站在行李架上注視著車廂裡的另一個乘客——那隻大豪豬。

「下來！」豪豬說：「馬上下來！」

「不要。」

「這是我的包廂，你這隻討厭到爆的鳥！」

「我不知道我到底哪裡妨礙到你了！」

「你要是不馬上下來，我就會用後腳站起來，然後——」

「豪豬根本沒辦法用後腳站起來。」鳥兒說。

「我們可以！站一下子沒問題！」

但豪豬沒有示範。

「聽著，」鳥兒說：「如果我們講好，行李架和椅背屬於我的範圍，那——」

「我們乾脆講好，**你**馬上離開**我的**包廂，不然我就一直刺你直到下星期！」

「我甚至不確定那是什麼意思。這裡到底發生什麼事了？」凱特問。

她才剛剛發現動物會說話，現在就已經希望這兩隻可以暫時閉嘴。

「我來告訴妳發生了什麼事。」豪豬說：「我有一張私人包廂的特別票，但這隻吃垃圾的海鷗就是不給我滾開！」

豪豬驕傲的亮出車票，那張票就插在他身上的一根刺毛上。

「你正在展現自己的無知。」那隻鳥說：「我不是海鷗，我是紅燕鷗。」

「喲，好棒棒。」

「是很棒，謝謝你，而且我們吃魚，不吃垃圾。」他拿出身為一隻紅燕鷗所能擁有的最大尊嚴，抬頭挺胸的說：「我們是俯衝潛水高手。」

凱特仔細檢查了豪豬的車票。

然後，她說：「這上面寫著『如果有包廂可用的話』，意思就是說，如果我們有空的包廂，就可以完全給你使用。但我不確定現在火車上是否有空的包廂。」

「如果妳把那隻鳥趕出去，就有空的包廂啦！」豪豬說。

「我沒有地方可以安置他。」凱特堅定的說。

「妳可以帶他去老鷹那裡。」

「老鷹會吃燕鷗。」紅燕鷗說。

豪豬聳了聳肩，「這叫生命的循環。」

「不！這叫死亡的循環！」

兩隻動物都看著凱特，似乎在等她解決這場紛爭。這太難以置信了。平常都沒有人要求她做這種事，因為總是有別人會做——老師、爸爸媽媽、某個人。現在只有她一個人在這裡，她得想出個辦法。

但有什麼辦法呢？

最後，她對豪豬說：「也許你在我們的圖書室車廂會感到更舒服。」

⑩ 圖書室車廂

這是值得承擔的風險。事實上，凱特還沒看過圖書室車廂，也不知道它在哪裡，她甚至無法百分之百確定它存在，但這是她唯一能想到的辦法。

「圖書室車廂，」豪豬考慮了一下，然後嘆了口氣，彷彿圖書室車廂會讓他每天受盡屈辱似的，「喔，好吧，如果我們非得這樣做的話！」

豪豬踩著蹣跚的步伐經過凱特身邊，走到包廂外的走道上，他那一身白色尖頭的刺毛也僵硬的左右搖擺。凱特跟在豪豬後面，但沒有很靠近。他們在途中遇見了湯姆，他身上還穿著睡衣。

「你去駕駛室好了，看看需不需要幫火車加點煤炭。」她說。

她不知道湯姆會不會照她的話做。很多時候她要求湯姆做某件事，他可能什麼都不做，或者恰恰相反，但現在他只點了點頭，然後繼續往前走。

瞧，她真的可以習慣當個列車長。

凱特和豪豬在搖搖晃晃的火車上往後走，耳邊不斷傳來轟隆隆、喊喊喊的聲音。他們先經過臥鋪車廂，然後是用餐車廂，接著是備餐車廂，以及另一節備餐車廂和另一節用餐車廂。當他們終於打開圖書室車廂的門時，凱特有點緊張。

賀伯特舅舅值得好好稱讚一番——圖書室車廂沒有讓人失望。

這是她先前看到的那節特別高的靛藍色車廂。車廂裡的所有牆板都擺滿了書本——書架一直向上延伸到肯定超過四公尺高的車頂，甚至連門窗上方也有書架。地板上鋪著厚厚的東方風格紅地毯，還擺了兩張膨膨鼓鼓的皮革扶手椅和一張又大又長又舒服的沙發。這裡連聞起來都像一間圖書館。

天哪，凱特心想，**我真的很會發明火車車廂！**

豪豬到處走走看看。

「還可以，不錯。」

他爬到其中一張扶手椅上坐下來，閉上眼睛。

「我多半在晚上活動。」豪豬解釋說。

然後他就睡著了。

凱特一邊沿著書架走，一邊用指尖滑過每本書的書脊。每個架子上都裝了防止書本隨火車搖晃而掉落的橫木桿，你可以解開扣件把橫木桿向外拉，然後把書本拿出來。這跟她想像的一樣，只不過更棒。

她瀏覽了一些書，它們都以隨機的方式排列：厚重莊嚴的古老精裝書、寬大扁平的圖畫書、書背已經磨損到無法看清書名的便宜平裝書。她看到教人辨別世界偏遠地區飛蛾的指南、有一長串難念人名的全套書信合集、男女主角身材火辣到快要撐破襯衫和禮服的愛情小說，以及用詭異單字例如《樹》、《葉》當作標題的驚悚小說和恐怖故事，還有一些相當重要的成長小說。她提醒自己有空一定要翻翻看，認識一些有趣或不雅的字眼。

有時候，凱特會和自己喜歡的書相遇，感覺就像在茫茫人海中看到一張親切的臉孔一樣。這些書大致分成兩種：一種是在講科學，另一種是在講發現魔法確實存在的平凡人。

凱特拿了一本小說，坐到沙發上看。這本書屬於第二種，看起來不會讓她失望。二十分鐘後，當小說裡那個在父母離奇死亡之後轉學的男主角，發現他就讀的私立學校很殘酷恐怖，而且**底下**暗藏了一間祕密學校，通道入口就在去年詭異失蹤的某個學生的置物櫃裡時，凱特突然驚覺有雙眼睛正在注視著自己。

是那隻貓——凱特在查票時看到的那隻不算大也不算小的貓，她一定是趁凱特沒注意時進來的。她的頭部有著醒目的黑色條紋，幾乎跟獾的條紋一樣。凱特很想知道她到底是哪種貓。

「對不起，」凱特說：「我沒看到妳在那裡。」

「我在那裡有看到妳。」貓說。

「剛剛有那麼一下子，我以為妳是個枕頭。」

「剛剛有那麼一下子，我以為妳是一隻無力抵抗的大老鼠。」

凱特不知道自己該不該擔心，雖然她肯定比這隻貓高大，但她不會想要跟她打架。

「我猜這本書真的吸引住我了。」凱特小心翼翼的說。

「那一定很好看。」

「還可以，書裡有很多文字敘述，我一直在跳過一些細節。妳讀過了嗎？」

「沒有，」貓說：「我不是來看書的。」

「喔，那妳為什麼來這裡？」

「因為我想獨處。我們不是群居動物。」

凱特猜想，這是不是在暗示她應該離開，但先來的人是她，而且這是她的火車。她試著把話題延續下去。

「妳是哪種貓？如果妳不介意我問的話。」

「我不介意。我是漁貓（fishing cat）。」

「抱歉，妳的意思是說，妳是一隻愛捕魚的貓嗎？還是真的有一種貓叫做漁貓？」

「第二個意思。」她開始舔自己的厚大腳掌，「妳沒聽說過我們，我不是很意外。漁貓的數量不多，也不像大型貓科動物那樣受到很多關注。我們的親戚有鏽斑貓和扁頭貓——扁頭貓這個名字挺難聽的，雖然頭很扁是真的——而且他們會吃**水果**，妳相信嗎？吃水果的貓！豹貓也是我們的親戚。」

「喔，豹貓跟豹一樣嗎？」

「不一樣。」

又是一陣冷場，凱特試著思考還有什麼可以聊。她看不太出來這隻貓在想什麼，雖然她猜所有的貓應該都是這樣。

「所以——當一隻漁貓是什麼感覺？」

「喔，妳知道的，我們住在沼澤和紅樹林裡。我們會找獵物，我們會游泳，而且很明顯的，我們會捕魚。」

「等一下，你們會游泳？妳是說在水裡嗎？」

「當然囉！」聽起來這是第一個讓漁貓感興趣的話題，「我們很喜歡游泳。別的貓覺得這很奇怪，但我們不在乎。我是說，我們又不是在吃水果！」

「真不敢相信你們會游泳！」

「嗯，我不喜歡炫耀，何況老虎也會游泳，但漁貓可能是最常游泳的。我們的毛可以防水，而且妳看，」她抬起一隻爪子，「就連我們的腳趾之間也有一點蹼。」

「真是太神奇了！」

漁貓似乎很高興。

「妳有跟我提到上次發生了一件事，」凱特說：「跟火車有關的事。妳指的是什麼？」

「喔，我以為他們會告訴妳，」漁貓說：「當作訓練內容的一部分。」

「問題就在這裡，沒有人訓練我！完全沒有！」

也許她不該承認這一點，但話就這麼脫口而出了。

「是嗎？太不尋常了。」漁貓搖著粗壯的尾巴，讓它像天鵝絨繩子一樣左右擺盪，「嗯，那件事發生的時候，我還沒出生——我們只有十年或十五年的壽命，妳了解吧！但我確實知道，在這列火車的前面還有另一列火車，而且它自從某天開走以後就再也沒回來了。我不曉得它到底發生了什麼事，但我想不會是什麼好事。」

就在這時，車廂門開了，又有兩隻動物進來了。

其中一隻動物是蛇。這條蛇又細又長，身體是螢光般的亮綠色，眼睛大大黑黑的，眼神很機警。凱特有一股強烈的衝動，想要趕快躲開。另一隻是某種在水邊生活的鳥，有彎彎的脖子和一雙長腿。如果有人逼問凱特，她可能會回答這是一隻鸛，或是一隻鷺，還是一隻鶴？還是都一樣？你以為自己對動物有點了解，結果就得負責一列載滿各種動物的火車。總而言之，這是一隻美麗的大鳥，不是你平常會看到的那種鳥。

「妳們介意我們加入嗎？」有一身灰色優雅長羽毛的大鳥問道。

「介意。」漁貓回答。

「太遺憾了，嘶──」綠蛇用流暢的動作溜了進來，「因為我有毒，我懂，嘶

──」

然後他爬上一張椅子。

「大家常有這種偏見，嘶──」

（我不想再打那麼多的「嘶──」了，所以只要記得，這條蛇在說話時會不停發出「嘶──」的聲音。）

「圖書室車廂，這真的很棒，誰會想得到呢？」鷺說。

凱特沾沾自喜起來──**她**就想得到！

鷺張開寬大的翅膀拍了兩下，飛到一盞燈上。

「妳永遠只會說很棒。」綠蛇嘲笑說。

「你永遠不會說很棒，」鷺說：「所以我只好連你的份一起講。總而言之，這真的很棒！」她轉頭看著凱特，「有沒有載滿魚的車廂？」

「我也想知道。」漁貓說。

「沒有載魚車廂，」凱特說，好像她會有這種車廂似的！「但也許其中一節用餐車廂有魚可以吃。」

豪豬醒了過來，睡眼惺忪的看著眼前的貓、鳥、蛇和人類。

「我以為只有我在這裡。」他說。

「現在我們都在這裡！」鷺說：「是不是很棒？」

「我希望大家明白，我的身上大概有三萬根刺毛，雖然這些刺毛主要是用來自衛，但相信我，它們有可能造成死傷。」豪豬說。

其他動物面面相覷。

「我不知道你們是什麼感覺，但我很害怕。」漁貓四腳朝天仰躺在沙發上，爪子懸空，而且像家貓那樣伸展。她看起來沒有很害怕。

「我也是，」綠蛇說：「我會害怕得閉上眼睛，但我沒有眼皮。」

「真的嗎？」凱特問：「怎麼可能？」

「我的眼睛上面有透明的鱗片，它比眼皮優雅多了。」

「但你從來沒有想要閉上眼睛嗎？」

「沒有很想，」綠蛇說：「不過我喜歡舔我的眼睛。」

「我不想炫耀自己，」鷺說：「但我有三片眼皮。」

「等一下，妳說什麼？」凱特說。

「是真的！上眼皮、下眼皮，再加一層瞬膜。」

「我甚至沒有在聽，」綠蛇說：「因為我沒有耳朵，也沒有鼻子。我用舌頭分辨味道。」

看起來動物比凱特所知道的還要奇怪得多。

「現在我倒希望自己沒有耳朵。」豪豬說。

「也許你可以讀本書，」凱特爽朗的說：「圖書室車廂裡有很多好書喔！」

「聽起來很棒，」漁貓說：「但我們看不懂字。」

嗒嗒嗒—叮！

抱歉打斷這段有趣的對話

但現在又有任務了

火車又慢了下來，他們即將抵達另一座車站。

「我得走了，很高興認識你們。」凱特站了起來，似乎鬆了一口氣。

她趁機開溜，儘管她其實也在擔心，如果裡頭沒有人看著，他們也許會互相殘殺。

事後，她不禁猜想，如果他們**真的**打起來，究竟誰會贏？她覺得很可能是豪豬。

11 長得像松果的小寶寶

外頭的景色正在改變。火車已經遠離冬季森林，來到一個看起來比較像熱帶叢林的地方。凱特打開車門，探頭出去看——把頭伸到行駛中的火車外面，沒有列車長對著你大吼小叫，**因為你自己就是列車長**，這件事本身就滿棒的——迎面而來的空氣溫暖潮溼，而且充滿綠意盎然的味道。

車站月臺上爬滿了藤蔓和蕨類植物，散落著巨大的樹葉，四周長滿棕櫚樹，翠綠的嫩芽也從鐵軌枕木之間冒出來。在月臺上等車的是一隻鬣蜥、兩條大蛇、幾隻臉上彷彿噴了粉紅色油漆且令人驚奇的金毛猴、一隻鼻子大得以為自己是貘的小河馬，還有一些長得像糖果一樣五顏六色而且帶有光澤的蛙。

空中充滿嘰嘰喳喳的鳥叫聲，一道絢麗的半透明綠色光芒穿過樹叢灑落下來，月臺上有個標示牌寫著「圖穆庫馬克」（Tumucumaque），凱特後來才明白這是亞馬遜雨林裡的一個地方。

凱特覺得自己應該按照一般火車的做法那樣向乘客播報站名，但她不知道怎麼發音才正確，為了保險起見，她用不同的發音播報了好幾次。很肯定的是，她至少說對了一次，因為有幾隻動物靜靜的離開包廂，以快步、滑行或揮動翅膀的方式下車，進入炎熱的叢林。

在火車抵達下一個位於竹林的車站之前，凱特從用餐車廂裡拿了一根香蕉。竹林之後的下一站是巨大的紅杉區，再下一站是一片塵土飛揚、陽光毒辣的大平原。她不得不脫下西裝外套，因為天氣實在太熱了。

只有兩隻強壯的野狗在大平原上車，還有一隻幾乎花了半小時才穿越月臺的小陸龜。凱特覺得自己開始抓到要領了，不論那是什麼，而且讓她有多餘精力對整件事感到納悶。就在那一刻，她的腦海裡有千萬個問題自己蹦了出來：一列巨大的蒸汽火車怎麼可能走遍這麼多地方？為什麼沒有其他人知道這件事？這是一列看不見的火車嗎？是誰鋪設所有的軌道？是誰賣票給這些動物？還有更多問題。在某方面來說她不太想問，因為她害怕這麼做可能會破壞某些脆弱的魔法，讓一切變成一場夢，就像一開始神祕的出現那樣，神祕的消失。

她只想繼續前進，但同一時間，她知道那些問題遲早需要解開。

下一站是另一座雨林。就在動物們幾乎都上、下車之後，有個乘客孤零零留在月臺上。

剛開始，凱特不太確定那是一隻動物，似乎比較像一顆松樹毬果，因為看起來小小圓圓的，還有很多重疊排列、頂端尖尖的棕色鱗片。但當她仔細看時，她發現那個生物有四條腿、一條尾巴和一張小臉，而且閉著眼睛緊緊縮成一團，睡得很熟。

雖然凱特不太放心直接用手觸摸不明野生動物，但她看得出來，這隻動物的小小肚子上有一張火車票，而且被一雙前爪緊緊抓著。

這隻動物還是個小寶寶，看起來孤單又無助。

她嘆了口氣，甚至大聲吐出一個字：

「唉！」

她用雙手把動物寶寶抱起來，輕輕捧著，祈禱對方不會咬她、抓她或在她身上大小便，然後將動物寶寶迅速帶上火車。那些鱗片粗粗乾乾的，感覺很扎手。火車又再度行駛了。

凱特把動物寶寶帶回圖書室，因為她想不出其他的辦法。豪豬、漁貓、鷺和綠蛇還在鬥嘴，但一看到凱特走進來，他們全都安靜了下來。

「好，」凱特說：「你們知不知道這是什麼？」

漁貓使勁的看，「看起來像顆松果。」

「我也是這麼想。」凱特說。

「或是朝鮮薊。」漁貓說。

「不是，他是某種動物。」

「那是一隻穿山甲寶寶。」鷺說。

「雖然我不是什麼都懂，」凱特說：「但我想我知道過山蝦長什麼樣子。」

「不是過山蝦，是穿山甲。穿山甲是世界上唯一有鱗片的哺乳動物，而且非常少見。」

「太棒了，」凱特小心翼翼的把動物寶寶放在沙發坐墊上，「恭喜你有了一隻穿山甲寶寶，要好好照顧他喔！」

她趁大家還來不及反對之前離開了圖書室車廂，然後往前走，去查看湯姆和火車頭的情況。

湯姆還活得好好的，只不過汗如雨下，而且幾乎全身都是煤灰。

「也許該是游泳池車廂上場的時候了。」凱特說。

「嗒嗒嗒—叮！」湯姆說。

嗒嗒嗒—叮！

做得不錯，謝謝你們

但我的燃料有點不夠

她差點忘了火車會說話。當你有比火車會說話更緊急的事要思考，你的生活應該發生了很多狀況。

「燃料不夠？好，聽起來滿重要的。」她記得賀伯特舅舅似乎說過跟這有關的話，「我可以幫忙嗎？」

還不用

我們必須靠站才能補充燃料

不過就快要到了

凱特在火車上學到的一件事是，看到問題就要試著解決它。平常在家時，她看待問題的態度通常是置之不理，等爸爸媽媽發現問題之後，自然就會替她解決。但現在爸爸媽媽都不在火車上，她必須自己負責想辦法。

很顯然，不解決問題比解決問題容易得多，但放著不管只會讓問題變得更嚴重，最好還是把它解決掉。

同一時間，凱特和湯姆又上了一堂火車課，銀箭號向他們詳細解釋了火車頭從靜止狀態起動的過程。這列火車說對了一件事：它是個好老師。它教他們學會看蒸汽壓力表和顯示鍋爐水位的小玻璃管、重新復習煞車和汽門的用法，還教他們認識一個神祕但重要的裝置，那就是逆轉機把手，它能用來控制有多少蒸汽動力進入活塞或之類的事。

「我以為那是汽門的功能。」凱特說。

它是——嗯——妳可以把它想成汽車的齒輪變速箱

「那個東西我也不懂。」

好吧，腳踏車的齒輪——等一下

呃……

「呃？那是什麼意思？」湯姆問。

下一站快到了

「好……」

但它不在我們的行程表裡

「我能看一下行程表嗎？」凱特問。

不能

「那我們該怎麼辦？」

不要問我，妳是列車長

凱特本來想反駁說「**你是火車欸！**」或者「**我怎麼會知道？**」或者「**但湯姆也是列車長！**」但她沒有，她做不到，真的。雖然她沒有要求在一列神奇的蒸汽火車上當列車長——或者沒有真的要求——但在內心深處，她知道自己有稍微那麼做；她想要某種真實的東西，某種不是小孩子的東西，某種重要的東西。看看現在的情況，這正是她想要的。

況且，賀伯特舅舅一開始就叫她下車，但現在她還在火車上。如果她不確定該怎麼做，她就得憑自己知道的事情去猜測，然後承擔後果。

這或許是她應該從整個經驗中學到的重要人生課題。也好，她猜想，雖然她希望這樣的課題不要太多。

「好，我們在下一站停車，」她說：「弄清楚究竟是怎麼回事。」

12 凱特在弄清楚究竟是怎麼回事

於是他們收起汽門，扳動逆轉機把手，控制煞車，然後凱特拿起她的剪票器，拉正她的列車長帽，回到載客車廂。

火車喀嚓喀嚓的緩慢行駛在一座松樹森林裡，空氣中充滿令人愉悅的氣味，聞起來就像某天凱特在車庫裡打翻松節油後留下的味道。他們把火車停進一座普通的水泥月臺，然後凱特扳動一根大大的黃銅把手，把車門打開。

這個月臺有點不一樣。一般的月臺都會有指示牌，上面寫著站名，但這裡完全沒有。

六、七隻灰松鼠與一頭大灰豬、幾條棕蛇在月臺上等候。一群黑鳥在地上和頭頂的樹枝上棲息，翅膀閃著微微的斑斕光彩，讓凱特想到漂在水面的浮油。

她看得出來那是一群麻雀——不，不是麻雀，是椋鳥！是椋鳥沒錯！所有動物一動也不動，只是坐在那裡盯著她看。

然後，她發現另一個不一樣的地方。沒有一隻動物拿著車票。

「那個……你們好。」凱特說。

大灰豬快步走了過來，站在她面前。他真的大得不可思議，雖然長得跟她差不多高，但看起來比普通的家豬還要健壯。事實上，他幾乎全身都是肌肉。

這根本不是一般的豬，凱特想，**這一定是野豬**。她在現實生活中從來沒有看過野豬。這頭大野豬有著一雙小眼睛、一個溼溼的鼻子，還有一對向上突起的黃色大獠牙。

凱特清了清喉嚨，然後說：「請拿出車票。」

大野豬就只是站在她面前。她又試了一次。

「很抱歉，你要有車票才能搭火車。」

「我沒有車票。」大野豬用低沉的聲音說。

「嗯，」凱特放慢速度說：「那我想你不能搭火車。」

「那我想我們有麻煩了。」

凱特皺了皺眉頭。她對這頭大野豬沒有立刻產生好感。

「我很抱歉必須這麼講，但看起來比較像是你有麻煩了。」她說。

「妳聽起來沒有很抱歉的樣子。」一隻松鼠嘰嘰喳喳的說。

所以大家要繼續這樣下去是吧，凱特想。她把雙手交叉放在胸前，擺出比她實際感覺還要強硬的架勢。

「我真的很抱歉，但這不是我規定的。如果搭火車有那麼重要，為什麼你不去買票然後回來等車呢？我相信我們很快就會回到這裡。」

那是個小謊言——她其實一點也不確定——但她真的很想結束這段對話。她走回火車，然後關上車門。

但車門沒有關上，因為大野豬的頭就卡在車門中間。這顆巨大的頭有一對毛茸茸的大耳朵，而且完全看不到脖子。

「我不要買票，我要搭火車。現在當個乖孩子，把車門打開。」他說。

他們互相瞪著對方。大野豬似乎一點也沒有因為頭卡在車門中間而感到困擾。

凱特想了想：說真的，如果她讓他們上車，誰會有損失呢？這並不是說她需要他們的錢（如果動物真的有錢的話——她又開始猜想，他們究竟是怎麼拿到車票的），況且這頭大野豬的體重約是她的五倍，即使她可以靠那雙全新鐵頭靴發揮驚人踹力，他也有可能在十秒鐘之內要她的命。

一條棕蛇往前鑽到大野豬的兩隻豬蹄中間。

「聽著，我了解妳的處境很困難。」棕蛇用平靜理性而且幾近同情的口氣說：「妳的行程很緊湊，妳得把火車開走，但問題是我們有的是時間，我們不會讓火車開走，直到妳讓我們上車為止。妳贏不了的，所以妳為什麼不乾脆就算了，讓大家都能上路呢？」

「相信我們，妳不會想製造問題的。」一隻松鼠說。

讓步其實很容易，在凱特的經驗裡，讓步總是最容易的事，唯一的問題是——到底有什麼問題？感覺就是不對勁。這是她的火車，賀伯特舅舅送給她的，而且是第一個真正歸她管的東西。搭火車需要遵守規定，那個規定就是——你要有車票才行。也許這是個蠢規定，但也得由她決定，而不是這些動物。現在該決定是不是要讓自己受欺負了。

就在她明白這一點時，她知道自己已經做好決定了。

「可是我不相信你們，一點也不相信。」她希望自己的聲音沒有顫抖，但它確實在顫抖，「我沒有製造問題，因為問題已經存在了。現在請你們離開我的火車，馬上離開。」

凱特用手指著「下車」的方向，把自己的意思表達得更清楚。她瞪著大野豬那雙橘色小眼睛，她希望湯姆就在身邊。

但大野豬完全不理，還朝她發出豬鼻聲：「**齁！**」

那個聲音震耳欲聾，就像有東西爆炸一樣。她整個人嚇得往後跳了一大步。

「**齁齁齁齁齁！**」

凱特已經很習慣動物用客氣的口吻說話，以至於幾乎忘了他們是野生動物，他們並不溫馴，也不安全。大野豬用力推擠車門，想要對付凱特，他惡狠狠的甩動頭部和那對大獠牙，凱特向後縮得更遠了。她以為這是她想要的——她以為她想要一趟探險之旅——但她完全沒想過會這麼可怕！她沒想到，當你身在其中時，你根本不知道它會怎麼結束！你所知道的只有你最後可能在一個離家很遠的地方，被一頭憤怒的大野豬刺死、踩死，再也見不到爸爸媽媽——

「你到底在做什麼？帶著你的大豬頭滾出車門！」

一道聲音從凱特身後傳來。

凱特緊盯著大野豬，不敢把視線移到其他地方，但就在這時，她看到一件不可思議的事發生在大野豬身上，大野豬的一雙小眼睛睜得好大好大，而且他那發出豬鼻聲的大臉露出了凱特意想不到的表情。

那是恐懼。凱特冒著生命危險往後看，是豪豬在說話。

豪豬那一身黑白相間的危險刺毛在嘎吱作響，而且豎起來變成一圈大得離譜的環狀飾毛，就像一塊會要人命的床頭板。他看起來很蠻悍、氣嘟嘟的、非常不爽，凱特這輩子從來沒有這麼高興看到有同伴出現在眼前。

豪豬往前踏了一步，大野豬向後退了一步，然後凱特馬上當著大野豬的面用力關上車門。

火車發出噴氣聲，開始駛離車站。凱特兩腿發軟，一屁股坐在地板上。

「謝謝你。」她說。

「不客氣。」

「我不想讓他搭這列火車！」她為自己感到慶幸。

「妳是對的，他不屬於這裡。」豪豬說。

豪豬的刺毛又垂了下來。他肯定有辦法控制身上的刺毛，她想。

「我很高興不必刺他，」豪豬鎮靜的說：「一根漂亮的刺毛要花好幾個星期才長得回來。」

「會痛嗎？當你用掉一根刺毛的時候？」

「有一點，就像有根頭髮被拔掉那樣。現在要不要跟我一起去用餐車廂？妳的臉色很蒼白，我敢說妳一定還沒吃午餐。」

13 不存在的車站

當凱特走進用餐車廂時，她驚訝的看見圖書室車廂裡的動物們——漁貓、綠蛇和鷺——坐在同一桌，像老朋友那樣聊天。很顯然的，穿山甲寶寶拉近了他們之間的距離。

小寶寶還在睡覺，但他們用水果碗為他弄了個小窩，輕聲細語對他說話，而且輪流撫摸他。

「情況還好嗎？」鷺說。

「很好，雖然你們完全沒幫忙。」豪豬在對抗大野豬之後還是鎮定得令人佩服。凱特猜想，爭吵打鬥對他來說大概是家常便飯吧。「小寶寶現在怎麼樣？」

「很棒！這絕對是我在非鷺科的其他動物中，看過最可愛的寶寶！」

「噓！」綠蛇說：「妳會吵醒小帥哥的。」

凱特發現自己還是會在不失禮的情況下盡量跟蛇保持距離。

「你怎麼知道穿山甲寶寶是公的？」凱特說。

大家都盯著她看。

「她分不出來欸！」綠蛇說。

「這一定只有動物才懂。」鷺說。

「人類也是動物啊！」凱特的語氣帶有一點敵意。

「當然，」漁貓說：「但你們卻花了很大的力氣假裝自己不是，你們已經沒有動物的本領了。」

鷺圓滑的轉移話題，「你們知道人類用穿山甲幼崽來稱呼穿山甲寶寶嗎？」

「這名字真蠢。」綠蛇說。

「應該叫小穿山甲或者小小穿山甲吧！」漁貓說。

THE
SILVER ARROW

「他們把豪豬寶寶稱為豪豬仔。」豪豬嫌惡的抖了抖身體，「我不懂人類憑什麼認為他們可以替所有事物取名字，他們根本就沒有多厲害，像電鰻就不是鰻，更別提澳洲有一種蜘蛛叫做閃亮瑪芬（sparklemuffin）！」

「還有，地獄拗客（hellbenders）這個名字是怎樣？」綠蛇說：「他們會把地獄拗到彎掉嗎？根本不可能。」

「我倒希望人類叫我地獄拗客，」漁貓說：「這個名字帥呆了，用在蠑螈之類的動物身上太可惜了。」

「我不知道剛剛是怎麼回事。」凱特還是有點皮皮剉，「外面那些動物是誰啊？」

「妳說他們嗎？」豪豬說：「他們是入侵者。」

「要入侵什麼？火車嗎？」

動物們交換了一下眼神。

「事情是這樣的，」鷺說：「在動物界，你有你生活的地方，也有一個按照萬物法則運作的地方。你吃別的動物，別的動物吃你。雖然看起來不見得美好，卻能讓一切保持平衡。」

「但有時候，動物會離開屬於自己的地方，前往別的地方——一個不適合自己的地方，結果通常就是死在那裡。也許是因為氣候異常，也許是因為找不到東西吃。不過偶爾運氣好的話，也可能遇到有很多動物可以吃，而且沒有動物吃自己的狀況。妳想接下來會發生什麼事？」

「我不知道，」凱特說：「吃得很肥、過得很快樂、活到老死為止？」

「他會吃光所有看得到的獵物，繁殖數量暴增，直到變成唯一剩下的物種！」

「喔，所以那些硬要搭火車的動物就在打這個主意嗎？」

「沒錯。」

「真不像話，」綠蛇說：「真希望你用刺毛教訓他們。」

「我是該這麼做！」豪豬說。

「但其中一些——我的意思是，他們只是椋鳥，」凱特說：「你知道的，小小鳥！」

大家各自發出嘶嘶聲、低吼聲和嘎吱聲。

「我來告訴妳一個有關椋鳥的故事！」豪豬說：「椋鳥的老家在歐洲，那是他們應該居住的地方，但後來有個蠢蛋想到，北美洲應該要有莎士比亞作品中提到的每一種鳥。」

「莎士比亞是誰？」漁貓問。

「這個想法其實很酷。」凱特說。

「不，錯了，才不酷！根本是一場災難！那個蠢蛋在紐約市放生了六十隻歐洲椋鳥，結果經過交配繁殖以後，現在全美國都看得到歐洲椋鳥，有兩億隻！」

「好吧，但那些松鼠呢？」凱特說：「毛茸茸的小小灰松鼠！」

「喔，他們的情形正好相反。」豪豬說：「灰松鼠本來住在美國，後來有觀光客帶了一些灰松鼠回到英國，以為這樣可以讓自己的鄉村莊園看起來更棒——這真是太好了！灰松鼠在英國過得超開心，他們吃掉小鳥、啃死樹木，還逼得本土的紅松鼠幾乎絕種。」

凱特思考了一會兒。那些人似乎不是真的那麼壞，他們也是出於一番好意，而且她還是覺得那個跟莎士比亞有關的主意聽起來很酷，但看看後來發生了什麼事，原本美好的平衡狀態全都毀了！她不禁納悶，難道他們不能把動物送回原來的地方，然後重新開始嗎？也許這次可以更小心？不過那兩億隻椋鳥要怎麼抓呢？她連抓一隻都有問題。

灰松鼠也是。現在已經無法回頭，平衡狀態再也回不去了。

她嘆了口氣。最起碼，她可以不讓那些動物搭她的火車。

「那其他動物在這裡做什麼？」她問：「我是說有車票的動物。對了，你們的車票是怎麼來的？」

「喔，它們就那樣出現了。」鷺說：「我從外面找獵物回來，就在鳥窩裡發現我的車票。」

「我是在魚的肚子裡發現的。」漁貓說：「我差點就把它吃下去了。」

「我的車票是從樹上長出來的，就像一片葉子。」綠蛇說：「一定是火車的經營者發出來的，或者有可能是車票自己發出來的。」

「但為什麼呢？」凱特問：「我是說，為什麼你們需要車票？你們又不是入侵者，對吧？」

「當然不是。」鷺的語氣突然變得特別尷尬，「我們只是——妳知道的，我們要長途遷徙，諸如此類的事。妳也知道我們動物是怎麼生活的。」

隨之而來的沉默，讓凱特開始懷疑自己是否真的明白了整件事，但火車又慢了下來。

「好吧！」凱特說：「不好意思，我想火車需要列車長了。」

就在往前走向載客車廂時，凱特吃驚的望著窗外——火車正行駛在一片開闊的水面上，灰色波浪綿延不絕，而且看不到陸地。空氣很冷，聞起來還有鹹鹹的味道，她再度穿上她的列車長外套，也去拿了冬季外套。

火車的速度愈來愈慢，最後停了下來，就在海中央。她環顧四周尋找車站的蹤影，但除了海水之外，什麼都沒有。海浪拍打著火車的車輪，難道他們開錯方向了？還是不小心的過站了？她盡可能向外傾斜身體，向前看、向後看，還是什麼都沒有。

一陣寒風吹亂她的頭髮，她可以看見自己吐出的霧氣飄散在空中。

而且火車軌道是鋪在什麼上面？她低頭看，同樣也沒看見。是浮橋嗎？還是海底山脊？她又像在上一座車站那樣感到毛骨悚然——這裡的情況不對勁。

我們應該離開，她想。她關上車門，但就在火車開動時，她聽到一陣喊叫聲。

「等一下！」遠遠的那頭傳來湯姆的聲音，「等一下！快停車！」

怎麼回事？凱特把身體探出車外，只見湯姆站在平板車廂上瘋狂揮手，還指著海裡的某個東西。她跑到後面去找他。

他蹲在平板車廂上，一直盯著海面，所以凱特也朝那個方向看過去。

「我剛剛看到了，」他說：「一秒鐘前。」

「什麼？」

他搖著頭說：「我不知道，那是——」

這時，有個又大又白的東西從水裡朝他們撲上來，凱特嚇得向後摔了一跤。有那麼一秒鐘，她很確定那是一條大

白鯊跳出水面，要一口吞下他們兩個人。

但這並沒有發生。那不是鯊魚，而是一頭北極熊。

這可憐的傢伙看起來累壞了——她拚命划水，不讓自己的黑鼻子沉入水裡。靠著最後一絲力氣，北極熊朝著平板車廂撲上去，她的頭和爪子緊緊扒在車廂的邊緣。

凱特和湯姆各自抓著北極熊厚重又溼冷的皮毛，使出全力往上拉。北極熊勉強把一隻後腳跨到車廂邊緣，於是凱特也拉住她。他們又拖又拉的，有好一會兒，這可憐的傢伙看起來絕不可能成功，但最後她終於連滾帶爬的上了平板車廂。他們三個全都累得倒在地上，喘個不停。

凱特的小腿摩擦到車廂邊緣，產生灼痛感。北極熊全身溼答答的，而且儘管她非常重，但以一隻熊來說，她看起來卻特別瘦，你幾乎可以看到她的肋骨。現在她沒有任何動靜，凱特甚至不確定她是否還活著。

「希望妳有帶車票。」凱特說。

14 湯姆是對的

凱特跑到載客車廂，召集任何看起來夠強壯的動物來幫忙搬動北極熊。她找來一頭美洲獅、幾隻熊和一群意志堅決的獾，大家一起把北極熊推到毯子上，然後拖進一節空的篷車車廂裡。還好這可憐的傢伙已經餓得半死，否則他們大概不可能辦得到。

不過這隻北極熊確實有一張車票，被她強而有力的下顎緊緊夾住。凱特小心謹慎的把車票抽出來，然後打了個洞。她忍不住想，這裡一定出了大問題，但她不確定到底是什麼。她從臥鋪車廂裡拿來幾條毛巾和更多毯子，跟湯姆一起把北極熊的身體擦乾，並且盡可能讓她暖和起來。最後，凱特從廚房裡拿來一桶魚和一大碗水，擺在北極熊頭旁邊的托盤上，讓她醒來之後可以填填肚子。

凱特把手輕輕放在北極熊冰冷的肩膀上。熊毛摸起來又粗又硬。

「妳會沒事的，妳現在很安全。」凱特說。

她希望這是真的。

現在是晚餐時間，凱特進入用餐車廂跟圖書室的那群動物一起吃飯。湯姆也來了，氣氛有些凝重。

「我希望她會沒事。」凱特說。

「她一定會沒事的。」鷺說。

「北極熊是強悍的動物，」漁貓說：「很難殺死。」

「我大概可以殺死一頭北極熊，」綠蛇說：「但根本吞不下去，所以有什麼意義呢？」

大家都盯著綠蛇看。

「總而言之，我想她會沒事的。」

凱特突然想到，大家都還沒有好好介紹自己，至少沒有像人類那樣做，所以她和湯姆對動物們做了簡單的自我介紹，動物們也對凱特和湯姆做了自我介紹。

綠蛇是一隻從南非來的東部綠曼巴蛇（eastern green mamba，又是個可笑的名字，曼巴——我幾乎說不出口！只有長了嘴唇的生物才會想到這樣的名字），大部分時間都待在樹上。雖然他是大家眼中的可怕動物，但他強調自己相當害羞，喜歡獨處。

鷺的真實身分是來自印度某條河流的白腹鷺（white-bellied heron）。她將近一公尺高，長得很漂亮，脖子又彎又長，羽毛帶有無數種深淺不一的灰色。她的頭頂有一撮纖細有品味的銀色冠羽，而且就像她的名字所指稱的那樣，腹部是純白色的。

「我們以前叫做大印度鷺或帝鷺，」她說：「現在回想起來，我無法理解為什麼要改名，因為那兩個名字好聽多了。」

趁著這個機會，凱特問了白腹鷺一件始終困擾著她的事，那就是鷺到底是怎麼用向後彎的膝蓋走路的。原來鷺的膝蓋跟人類膝蓋的運作方式相同，只是它們被羽毛蓋住了，所以你看不到。那個長得像膝蓋的部位其實是她的腳踝，而那個又細又長看起來像小腿的部分，其實是她的腳掌。

凱特覺得這個解釋還是沒有解決她的疑惑。

「我一直以為如果我跟一群會說話的動物去探險，那些動物會是兔子、老鼠之類的——我沒有冒犯你們的意思喔！」凱特說。

「沒關係。」豪豬說（他其實是一隻來自密西根州脾氣暴躁的北美豪豬）：「不過妳很幸運，因為兔子和老鼠太無趣了，他們一天到晚只會講蔬菜和種子的事。」

晚餐時，白腹鷺和漁貓都吃了魚。豪豬吃完一大堆三葉草之後，還啃了一根樹枝。曼巴蛇沒有吃任何東西。

「我前幾天才吞了一隻野生沙鼠，現在還沒消化完，而且曼巴蛇吃東西的樣子對大多數的動物來說太震撼了。」他解釋。

「大概是因為看到你對獵物注射恐怖的毒液吧！」豪豬說：「那些毒液會讓獵物活活窒息。」

「喔，不光是這樣而已！」曼巴蛇說：「我們的毒液還會引發頭暈、噁心、吞嚥困難、心悸和抽搐！儘管如此，獵物通常是窒息死亡。」

「我覺得很可怕。」

「你只是在嫉妒我，」曼巴蛇說：「因為你沒辦法從牙齒噴出毒液。」

這時，凱特禮貌的表示自己得上床睡覺了。她打從有記憶以來沒有這麼累過，還有她要幫她的小腿貼個ＯＫ繃，她也擔心北極熊和入侵者，以及火車仍然缺乏燃料。在這一切剛開始時，她以為自己會有一趟驚險刺激的旅程，現在也似乎是如此沒錯，但事實證明，探險是一件很辛苦的事，而且滿有壓力的。

湯姆朝另一個方向走去，也就是火車的後方。

「臥鋪車廂在這邊。」凱特說。

「我知道，可是糖果車廂在那邊。」湯姆說。

凱特差點忘了糖果車廂，她已經累壞了——但你永遠不可能累到無法吃糖果。

凱特不確定糖果車廂在哪裡，但事實證明當她待在圖書室車廂時，湯姆已經用他像平常一樣過剩的精力把整列火車都探索過了。從外面看上去，糖果車廂就像一節普通的紅色金屬篷車車廂，甚至有點生鏽，但裡面卻充滿明亮的光線和豐富的顏色，濃郁的糖果味瀰漫在一陣陣湧出的清涼空氣中。整面牆板排列著一個個磨得光滑的木架，每個架子上都擺滿糖果，看起來就像阿拉丁的洞穴遇上超市的糖果架再乘以一百萬倍。

糖果車廂裡有整捆棒棒糖，整捲黑色和紅色甘草繩糖，一桶又一桶的焦糖塊、水果軟糖、酸味糖果、薄荷糖、堅果球、糖果脆片、枴杖糖、大糖球、蜂巢脆餅、口香糖球和瑞典小魚軟糖，以及一大堆棉花糖和硬糖，數不清的小熊軟糖和玉米糖，車頂也垂吊著用糖果串成的項鍊。

這裡有一臺機器可以讓你輸入任何口味，然後按照磅數提供符合口味的豆豆糖。你也吃得到各式各樣的糖果棒。最重要的是，這裡供應了各種巧克力：牛奶巧克力、白巧克力、黑巧克力、巧克力磚，以及包著金箔和銀箔的巧克力棒。一只又一只糖果盤裡還擺著許多夾心巧克力，包括焦糖、櫻桃、堅果、牛軋糖、椰子、太妃糖、奶

油、椒鹽脆餅等，你想像得到和想像不到的口味。

所有糖果都按照大小、類型、口味和顏色來排列，就跟圖書室車廂裡的書一樣井然有序，而且全都免費給他們享用。

「我在跟賀伯特舅舅要一節糖果車廂的時候，妳有笑出來。」湯姆說。

「我知道。」

「妳覺得這很好笑。」

「好啦！你是對的！不要再說了！」她討厭承認湯姆是對的，但如果湯姆一定得說對一件事，她很高興是這件事。「來吧，看看我們能不能每種糖果都吃到一個，除了椰子口味——那些全都是你的。」她討厭椰子口味，幾乎就像要她承認「湯姆是對的」一樣討厭。

但那天晚上，她甚至連巧克力都吃不完，湯姆則是忙著給豆豆糖供應機出難題，直到他再也吃不下為止。

後來他們心滿意足的走回去，彼此沒有交談。他們知道有一節舒適的臥鋪車廂正等著自己，途中在篷車車廂前停下腳步，只為了確定北極熊在裡頭很溫暖、睡得很安穩。

火車**喀噠喀噠**的沿著波平如鏡的山中小湖前進。在家鄉，到處都有路燈破壞夜空的黑暗，但在遠離城市和郊區的此刻，凱特和湯姆有生以來第一次看到耀眼的白色銀河潑灑在深邃的夜空中，也完美的倒映在黑暗的湖面上。

賀伯特舅舅曾經提醒他們留意在清晨和黃昏時出現的閃亮星星，她猜想他指的會不會是這個。

然後她就上床睡覺了。如果這世界公平的話，她和湯姆大概已經在鬧肚子痛了，但事實上卻沒有。有時候，這世界的不公平是充滿善意的。

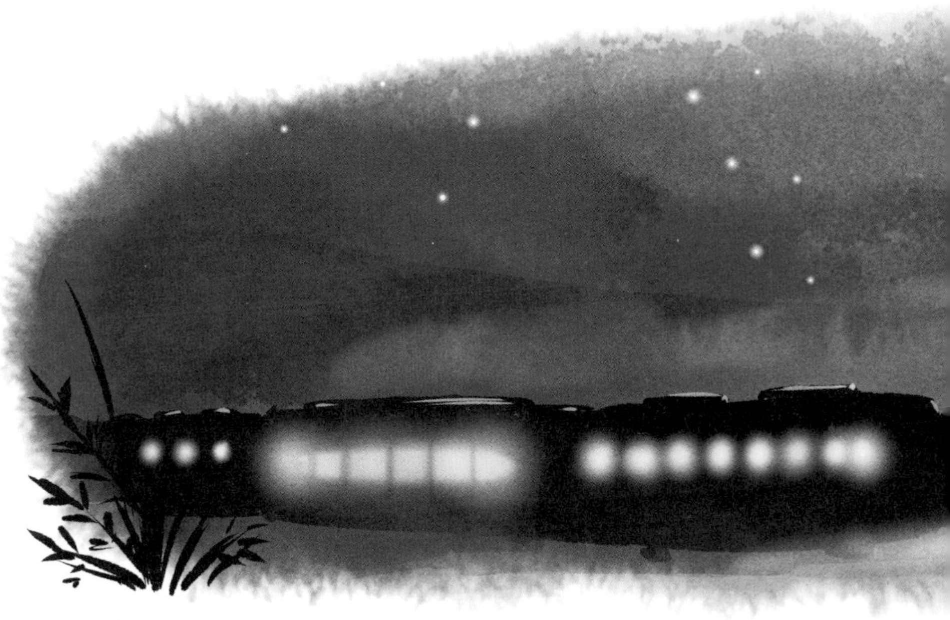

15 火車支線

隔天早上凱特醒來時，火車走得更慢了，因為它正在爬坡，進入山區。

漁貓、曼巴蛇、白腹鷺和豪豬在跟穿山甲寶寶玩，他終於睡醒了，現在正喝著奶瓶裡的牛奶。他們重新幫他弄了一個更舒適的窩，用的是從廚房找來的大沙拉碗，裡面墊了一條柔軟的厚毛巾。以一個全身基本上披著「指甲」的動物來說，他算是非常可愛。

北極熊還在睡覺，但凱特留給她的魚和水都沒了，這是個好現象，因為這代表她已經吃過也喝過東西了。凱特又幫她拿了一些魚和水，然後往火車頭的方向走，她要查看銀箭號的狀況。

火車正穿越一座遍布灰色石頭和稀疏青草的陡峭斜坡。鬆軟的細雪從灰色天空飄落下來，凱特在往前走的途中，到臥鋪車廂拿取她那件厚重的黑色外套。

雖然外頭很冷，但駕駛室還是很溫暖。她聞到蒸汽、煤煙和燒鐵的氣味。

「情況怎麼樣？」她問。

很餓

需要更多燃料

對，它說過這件事。凱特查看了煤水車，裡面差不多都空了，只剩下角落裡的幾堆煤炭。

「你知道哪裡有更多燃料嗎？」

大概吧

「大概？你怎麼能不知道？」

主幹線什麼都沒有

我們得去支線看看

「好吧！這樣很糟嗎？」

到時候就知道了

還沒有人好好勘查過支線

「那就交給我們吧！」

她自己也來這一套——往好的方面想。她跟湯姆一樣惹人厭。

大約一個小時後，火車在軌道分岔處停了下來。凱特和湯姆爬下駕駛室，往前走了幾公尺，那裡有一條支線往右切過去，軌道旁邊有一根大鐵桿，可以讓火車從原先的軌道轉到另一條軌道。他們扳動大鐵桿，然後跑回溫暖的駕駛室。這列巨大的火車開始轟隆隆沿著新軌道前進。

答應我一件事

「沒問題，」凱特說：「你儘管說。」

別讓爐火熄滅

這是我最害怕的事。我不想去扇形車庫！

凱特和湯姆互看了一眼。

「好，沒問題。」

「我們答應你，」湯姆說：「但什麼是扇形車庫？」

我甚至沒辦法談

幾個小時後，火車開進一座霧濛濛的寂靜森林，上頭籠罩著一層迷霧，看不到樹頂。凱特知道現在還是白天，但濃霧把太陽遮住了。森林看起來有幾公里深。

儘管如此，到目前為止，一切都還好。凱特在用餐車廂裡找到湯姆，他一邊吃著瑪芬蛋糕，一邊望著窗外那些陰森森的巨樹。

「看起來怪怪的。」他說。

「很詭異。」

他們有好一會兒都沒說話。凝視霧濛濛的森林深處似乎有催眠作用。

「那個瑪芬蛋糕是什麼口味？」她問。

「香蕉巧克力。」

「還有嗎？」

「有兩個，都被我吃掉了。」

她嘆了口氣。看開一切是很困難的事，但她不知怎麼的勉強做到了。

凱特感覺火車的速度變慢，然後停了下來，而且還是一樣看不到車站——這從來不是個好現象。她走到前面跟銀箭號說話。

「我們在哪？」凱特問。

我不知道

「喔！」凱特思考了一下，「不如我們繼續前進，直到我們來到一個知道自己在哪裡的地方，你覺得怎麼樣？」

我不認為我做得到

我沒有煤炭了

等一下，真的嗎？凱特又去查看煤水車，她的心都涼了，除了煤灰以外，什麼都沒有。火箱裡還有一批煤炭在燒，但只能維持幾小時而已。不知為什麼，她以為他們有足夠的燃料可以抵達下一座車站或燃料倉庫或任何地方，這種事情總會自己解決的，不是嗎？她心裡一定有某部分還在想著，別人會幫她解決問題。

但這裡沒有別人，只有她和湯姆，而且他們現在困在一片沒人知道在哪的詭異森林裡，離主幹線很遠，沒有路可以回家。爐火很快會熄滅，銀箭號最害怕的事就要發生了。

凱特開始感到恐慌，她甚至不確定這個問題是否有辦法解決。在電玩遊戲裡，無論情況變得多糟，你總是知道自己一定有辦法可以過關。但現實生活不是這樣，有的時候就是沒辦法。

外頭的樹就像幽靈的影子一樣矗立著。

樹。等一下。

「我想，」凱特慢慢的說：「你沒辦法燒木柴，對吧？一定得燒煤炭才行？」

火車猶豫了一下。

那不是我的最愛

「但如果你真的得燒木柴呢？」

我猜可以吧
如果我真的沒有選擇的話

「嗯，那好吧！我們現在就在森林裡，一定有很多樹枝和其他東西。森林裡的一切都是燃料！」

然而當凱特從火車上爬下來時，她突然覺得很緊張而且缺乏安全感。這片森林非常寂靜，沒有風，沒有鳥叫聲，似乎隨時可能會有東西從迷霧中出現。

但她想不出別的辦法。她猜想，那列一去不回的火車是不是遇到同樣的狀況，或許他們也會困在這裡，然後被某個肚子很餓的迷霧森林妖怪吃了。這時，她的身後有東西在沙沙作響，她轉過去看。

不是什麼迷霧森林妖怪，而是湯姆、白腹鷺、漁貓、曼巴蛇，甚至連豪豬都來了。

「我們覺得妳可能想要有個伴。」漁貓說。

「尤其這裡有點嚇人。」白腹鷺說。

「我只是想找新鮮的樹枝啃啃。」豪豬說。

凱特會心一笑。探險很棒，但她開始了解，有時候你不會想要獨自上路的。

16 樹

大夥兒謹慎緩慢的走進森林，火車幾乎立刻消失在他們身後的迷霧中。這裡的霧濃得離譜，彷彿附近擺了一臺煙霧機，而且一直開在最大煙霧模式。

樹木又高又大，沒有低矮的樹枝，看起來就像大教堂裡的大石柱，其中最巨大的樹木甚至跟大象的身軀一樣粗大。整片森林安靜得幾乎像是樹木自己不敢動一樣。

唯一的問題是，這裡沒有木柴，完全沒有，地上連一根樹枝也沒看到。

「樹枝都去哪了？」湯姆問。

「我不知道。」

感覺像是有人在他們還沒來之前整理過這裡一樣。凱特抬頭張望，即使是最低矮的樹枝也隱沒在迷霧中。一定要想個辦法才行，沒有木柴，他們就會永遠困在這裡。

「也許我們可以砍一棵樹。」湯姆說。

「對啊，可惜我們沒有斧頭，而且就算有，也不可能砍得下來，因為它們跟大樓一樣高大。」

「沒錯。」

「也許白腹鷺可以飛上去，採一些樹枝下來。」然而凱特也知道，嬌弱的白腹鷺絕對採不到他們需要的數量。

凱特覺得這片森林似乎正在等著從他們身上得到什麼，她猜這很合理——她就這樣闖進來，想要拿走一大堆免費的木柴。也許森林想要一些回報。

這很公平。但要回報什麼呢？森林想要什麼呢？

「好吧！」她小小聲說：「森林，你好，我們要尋求一些木柴讓火車可以起動。你想交換嗎？我們可以給你什麼？」

漁貓歪著頭問：「妳在跟誰說話？」

「沒有啦！」凱特有些尷尬，她不想承認自己在對森林說話。

但她在腦子裡繼續說著：**我們真的不介意，我們很樂意報答你，感激不盡。**

然後最奇怪的事發生了。她的腦子裡蹦出一句話：

妳確定嗎？

這是個念頭，但不是她的念頭。那個聲音感覺年紀很大、很溫柔、很有力，而且不是單獨說話，像是有許多聲音一起說話。

是森林。她就知道會這樣。

我很確定，她想。

她心意已決。她一這麼想，事情就開始發生了。

她感覺腳底刺刺的，雖然不會不舒服，卻讓她產生一股無法克制的衝動，想要把鞋子脫掉，而且不只是她的鞋子，還有她的襪子——她突然渴望接觸這片會扎腳的肥沃土地。

於是她把鞋襪脫了，湯姆也在做同樣的事。當她的腳底一碰到土地，她就彎起腳趾抓著地面。然後奇怪的事發生了，她的腳趾開始變長。

它們變得愈來愈長，而且伸進冰涼的泥土裡，就像你在沙灘上把腳埋進沙子裡那樣，只不過還要更深、更深，她感覺腳趾不斷往泥土深處延伸下去。

不只如此，她的腿開始變長，手臂也是。她一直在長高，而且長得很快，地上的景物一下子就在她的眼前縮小了。

這原本是很可怕的事，但不知什麼原因，它並不可怕，事實上感覺還挺神奇的。她猛力張開突然變長的巨大手臂，就在這時，她的手臂開始變硬，手指展開並生出更多指頭，還冒出茂盛的樹枝和樹葉。她一直長大，一直長大，就像睡了很久醒來之後伸展筋骨那樣——她變成了一棵樹。

她閉上眼睛，因為不需要用眼睛看，還有很多方式可以察覺和感受周遭的一切！她的樹根腳趾，不斷、不斷向下鑽，蜿蜒穿過一層層肥沃冰涼的黑色土壤，彷彿那是一公里厚的巧克力，而且往前後左右延伸出去，形成一個巨大的地下根系，在鵝卵石、岩石和其他植物根部之間穿梭，跟友善的蚯蚓接觸，吸取冰涼可口的清水，讓那些水以奇特的方式流過她的腿，再流遍全身，滋養她的樹枝手指和樹葉頭髮。

風吹過她的身體，她像聽音樂般來回擺動。她長得很高，高得足以把自己的樹冠伸到濃霧上方，感受陽光的溫暖。那是很棒的感覺，就像陽光始終給人的感覺一樣，只不過她現在是一棵樹，所以她不僅感受到陽光，她還在**享用**它——這是她的食物，而且味道棒極了。

當天空下起雨來，她會喝雨水，味道也一樣很好。

她的樹枝碰到其他樹的樹梢，樹根也在地下互相交錯，彷彿她在跟四周的樹木手牽手，只不過用的是腳趾。漁貓變成一棵貓柳，白腹鷺化為一棵可愛的灰色楞樹，曼巴蛇成了一棵雄偉的非洲烏木樹，豪豬則是一棵帶刺的美國皂莢。

他們全都站在一起，像一片小樹林。凱特這輩子從來沒有這麼平靜過，如果現在站在這裡的她還是個小女孩，她一定會很無聊，但身為一棵樹，她永遠不會無聊。她沒有在等待什麼，也不期望自己在別的地方，她就只是在這裡，在當下，一直如此。幾個星期過去了，地球像旋轉木馬一樣轉動，太陽、月亮和星星不停在她頭頂上流轉，感覺頭暈目眩、眼花撩亂。

黑夜與白天像玩遊戲一樣互換位置。鳥兒很喜歡她，一點都不怕她，還在她的樹枝上築巢。她像個友善的巨人，聆聽四周矮小植物窸窸窣窣的絮叨聲，還有底層真菌的竊竊私語。但日子不全是那麼有趣，也有面臨痛苦和衝突的時候：昆蟲和毛毛蟲會啃咬她，鳥兒會在她身上啄洞，閃電會胡亂劈砍，讓樹木傷痕累累或澈底毀壞。

秋天到來，她放開自己的葉子——那是一種解脫，真的，就像她穿著一件可愛的長裙禮服，但覺得有點不舒服，現在終於可以把它脫掉一樣。冬天降臨，她感受到天氣的寒冷，卻一點也不在意，只不過有時候冰雪會壓得她腰痠背痛。她也會打起瞌睡來。

然後春天登場。她接受新鮮雨水的洗禮，讓嶄新的陽光溫暖身體，也再次變得機警。她像漂亮的青鳥長出羽毛那樣，冒出美麗的樹葉。多年後，當她第一次品嘗香檳酒時，她會想起自己曾經是春天裡的一棵樹，然後想著：**對，就是這種感覺**。

夏天是一場盛大的陽光饗宴，但幾乎才剛展開，意想不到的事情就發生了。她開始……枯萎？

她的頭又垂到濃霧底下，遠離溫暖的陽光，她的樹葉和茂盛雄偉的樹枝開始乾

枯，她的樹根不再抓著土壤，而是向上拔起，就像一艘船正在起錨，準備重新啟航。

然後她睜開眼睛，她就在那裡。沒錯，她是凱特。她原本忘了自己叫什麼，但這是她的名字——凱特。

她是個小女孩，現在她全都想起來了。一切是那麼的不同：她的身體又小又軟，沒有在地上扎根，可以隨意走來走去。她可以看、可以說話、可以活動，但她再也嘗不到泥土或陽光的味道。這種活著的方法多奇怪啊！

周遭的景物看起來跟原先一模一樣，而且她就站在原地。迷霧、森林……那些事情真的發生過嗎？那一切全都是夢嗎？

如果那是一場夢，那大家一定也做了相同的夢，因為他們正眨著眼睛，不停動著他們的腳。凱特感到困惑不安，她就那樣硬生生的從地上連根拔起。

「我們變成樹了。」湯姆說。

沒有人需要再多說什麼。他們踏著微微搖晃的步伐，朝著火車正在等候的地方走回去。然後，他們看到火車旁邊矗立著一座金字塔形狀的巨大木柴堆，上面的木柴全都堆得整整齊齊的。

這時，有許多蒼老的聲音一起在凱特的腦子裡說：

記住今天的事。

17 他認為他可以

當大夥兒回到火車上時，銀箭號的爐火還在燒，不過就快要熄滅了。凱特和湯姆趕緊把木柴丟進爐子裡，讓火重新旺起來，然後他們就開著這列用木柴代替煤炭當作燃料的火車，沿著支線重新出發。

離開迷霧森林後，火車**喀嗟喀嗟**穿越長達數公里的空曠田野。凱特打開車門，望著從火車旁掠過的草地，這真的很有趣——從行駛中的火車上看出去，距離較近的景物一閃而過，讓人看不清楚，但遠方地平線上的樹木看起來卻幾乎靜止不動。過了一會兒，火車的軌道接上另一條從右側切進來的軌道，平穩得讓凱特完全感覺不到有任何顛簸。就這樣，他們又回到正確的路線上，沿著主幹線前進。

凱特和湯姆重新恢復載送動物上下車的工作，沿途經過了茂密的雨林、火紅的秋天森林、冰冷嚴寒的常綠林、乾燥多刺的灌木林和浸在水中的沼澤森林。凱特接過一張又一張車票，看到許多不同的地點，包括敘利亞海岸山脈（Al-Ansariyah Mountains）、茂蘭喀斯特森林（Maolan Karst Forest）、克羅瑟斯森林（Crothers Woods）、鹿園（Dyrehaven）、埃佩萊克森林（Forêt d'Éperlecques）、孤山州立森林（Lone Mountain State Forest）。那些在上車時安靜又莊重的動物們，在抵達自己的目的地時都藏不住興奮的情緒，車門一打開，他們就蹦蹦跳跳、三步併兩步的急著下車。

銀箭號有停靠下來讓高地山羊和絨鼠上車，然後又載了一頭大野牛。這頭公牛帶有一股威嚴的氣勢，不過近看卻非常奇怪，就像從外星球來的一樣。另外，一對翅膀強壯的禿鷲和一條黑白環紋的馬來環蛇也搭上了這列火車。馬來環蛇的毒性很強，連曼巴蛇也不禁緊張起來。銀箭號在某一站加掛了一節通風的玻璃溫室車廂，溫室裡有許多不同顏色的蝴蝶飛來飛去，但過了幾站之後，那節車廂又卸下了。

火車轟隆隆穿越一個長長的山洞，感覺似乎有幾公里那麼長。凱特原本擔心圖書室車廂太高了過不去，但它順利通過了。她打開駕駛室裡的一盞燈（有趣的是——或者凱特覺得有趣的是——雖然火車上有電燈，但電力是來自一臺靠蒸汽動力運轉的小發電機），等到隧道的盡頭露出光線時，他們才發現那並不是陽光，而是地鐵通道裡的黃色燈光。

月臺上站著許多人，男女老幼都有，他們全都低頭盯著手機看。火車停了下來，車門開啟，一隻外表乾淨整齊的貓頭鷹上了車。

凱特以為人們或許會對一個事實感興趣，那就是一列由小孩駕駛而且載滿動物的巨大蒸汽火車正轟隆隆開進地鐵站；但他們根本沒有抬起頭，一次都沒有，他們從頭到尾都沒有注意到。**就像他們是清醒的，但其實都睡著了**，凱特心想。她默默對自己發誓，她要努力讓自己不像那樣睡著。

當火車在車站之間行駛時，凱特大多待在圖書室車廂裡。她看完了那本講述某所學校暗藏地下祕密學校的小說，還開始看另一本書。她和湯姆找到了燃料庫，讓火車重新燒起煤炭。她繼續往糖果車廂裡探索，直到瑞典小魚軟糖那區——她現在才曉得它們的口味不只一種！天氣變熱時，她會到游泳池車廂游泳，那真的跟你想像在一列飛快火車上的游泳池裡游泳一樣有趣。湯姆還做了個實驗，看看自己能不能只踩著桌椅一路走過兩節用餐車廂（他能）。

凱特為自己感到驕傲，因為她把駕駛室裡的黃銅零件擦得亮晶晶的，也把地板掃得很乾淨——她和湯姆在把煤炭從煤水車投進火箱的過程中，總是會撒落一些煤塊。當她第一次進入駕駛室時，那裡看起來只是一堆雜亂的管子和把手，但現在她對銀箭號的控制裝置瞭如指掌。她覺得自己的感官正以全新方式運作：她大腦裡的某個部分總是在注意鍋爐水位和蒸汽壓力、火箱熱度、斜坡有多陡、汽門和逆轉機把手扳到哪個位置（她現在已經完全搞懂逆轉機把手的功用了）。雖然蒸汽的使用是一門老技術，但事實證明你還是有可能迷上它。

火車喀嚓喀嚓緩慢爬坡，迂迴進入陡峭的山坡森林。灰色斜坡被他們拋在身後，隨著蜿蜒的青翠山谷消失在遠處。儘管景色優美，爬山卻是很費力的事，銀箭號不斷要求添加更多煤炭，而且走得愈來愈慢、愈來愈慢、愈來愈慢。過了一會兒，凱特幾乎用走的就能趕上它。

她不想去思考萬一火車真的停下來，甚至更糟的是開始滑下山坡，那會是什麼情況。湯姆不停的用《小火車做到了！》（*The Little Engine That Could*）裡面的那句話，對火車小聲說著「我想我可以——我想我可以——」，但銀箭號一直叫他別鬧了。

我不是爬山用的

我又不是靠鋼纜牽引上下坡的纜車！

「我不知道那是什麼，但告訴我，我們是不是必須開始丟下車廂了？」凱特說：「我可以沒有篷車車廂，但圖書室車廂一定要留著。」

我一節車廂也不會丟

妳那是什麼殘忍的想法？

「我只是想幫忙。」

我們不會丟下任何車廂
也許除了糖果車廂以外
我會跟你們說的

最後，他們終於到達山頂，看見一條翻山越嶺的通道。這時，銀箭號只能勉強以步行的速度行駛，陰暗的山影在他們身後延伸數公里，而且向下湧入山谷中。他們在平坦的地面上前進了一會兒，接著大家都坐了下來，深吸一口氣。

然後，銀箭號開始向前傾斜，往山的另一邊開了下去。

它的速度在加快，不斷加快，原本緩慢的喊喊喊和**喀噠喀噠**行駛聲也急促起來。凱特把頭伸出窗外，風吹在她的臉上。沒多久，他們就開始明顯移動，以從未有過的飛快速度轟隆轟隆往山下跑。凱特和湯姆緊張的互看一眼，雖然火車能再度快速前進讓他們鬆了口氣，但現在這樣也許太過頭了。

「對不起，我不該取笑你走得慢。」湯姆說：「如果你是在報復，那你已經達到目的了。」

我沒有要報復

我慢不下來

「你的車速表在哪裡？」凱特問。

沒那個東西

「什麼?!」

蒸汽火車沒有車速表

「你是在古時候發明的嗎？那我們要怎麼知道速度有多快？」

凱特幾乎可以感受到後面那些沉重的車廂在推著他們前進。她關掉蒸汽，試著轉動煞車桿，先是輕輕的，然後加大力氣。

哎喲！我的煞車塊！

一點用也沒有，她幾乎感覺不到有什麼差別。這真的發生了：銀箭號已經變成一列失控的火車。

駕駛室開始恐怖的來回搖晃。他們沿著陡峭的斜坡直直往下衝，要是火車出軌，一切就完了——他們會往側邊翻出去，然後滾呀滾的一路滾下山。動物們紛紛往前擠向駕駛室。

「我們是來告訴你們，我們很擔心。」漁貓說：「擔心我們全都會死。」

「我知道！」凱特說：「我正在用盡全力煞車！」

「我差點就摔到豪豬身上了！」曼巴蛇說。

「曼巴蛇差點就摔到我身上了！」豪豬說。

「我希望你們知道，如果火車從懸崖上掉下去，我會跳出窗戶飛走，但我會永遠深深的懷念大家。」白腹鷺說。

「謝了。」凱特淡淡的說。

「妳說妳弟叫什麼名字？」

「湯姆！」湯姆說。

「我永遠不會忘記你的，提姆。」

「我真不敢相信鳥的祖先是恐龍。」湯姆說。

當凱特再度把頭伸出窗外時，她看見前方出現了她所能看到的最糟情況：他們即將來到懸崖邊緣的一處急轉彎，而火車的速度太快了，照這樣下去，他們勢必會直接衝出懸崖。

於是她全身靠在煞車桿上，然後用力推。

我已經煞到底了！

「如果你可以變成飛機還是什麼的，現在正是時候！」

妳對我的期望一點也不合理！

總之來不及了。銀箭號已經來到轉彎口，凱特感覺整列火車正在稀薄的空氣中往外傾斜，大家全都尖叫起來。凱特緊緊壓住駕駛室的左邊，也就是彎道的內側，也許她的體重可以幫上一點點忙？她真的感受到左半邊的車輪脫離了軌道，而且整列火車在某個可怕的瞬間只靠半邊軌道穿越轉彎口。車輪和軌道產生劇烈的摩擦，發出尖銳刺耳的聲響。就在那漫長難熬的一秒鐘裡，他們懸在半空中，時間似乎停止了——然後火車又砰的一聲掉回原本的軌道，繼續向前行駛。

軌道從這裡開始拉直。火車噹噹噹的開下山坡，進入小丘陵。凱特環顧了一下駕駛室。

「不要再有下一次了。」她說。

「同意。」白腹鷺說。

同意

凱特鼓足勇氣再次把頭伸出窗外，看看接下來會遇到什麼情況，結果她立刻後悔了。

「我不相信。」她說。

他們來到了海岸邊，前方是一片明亮的白色沙灘和寬廣的藍色大海，而且軌道就直接通往那裡。

18 智慧島

這次，凱特已經懶得大喊「小心！」或「完了！」，甚至是「救命啊！」之類的話。一切都太遲了，她唯一能做的就是看著狂暴的藍色大浪朝他們撲過來。

她閉上眼睛，然後想著，如果她不得不在十一歲的年紀死去，那麼跟湯姆和一群會說話的動物坐著飛快的蒸汽火車墜入一片無名海，至少還滿瀟灑的，她應該會有一篇非常吸睛的訃聞。

但她沒有死，反而隨著銀箭號一起衝進大海。

凱特希望自己能從遠處觀看這一切，因為那畫面一定會很酷——巨大的黑色蒸汽火車一頭栽進翻騰的海浪中，激起漫天水花，海水在炙熱的鍋爐上嘶嘶作響，接著海水分開來，形成一條翠綠明亮的海水隧道，銀箭號直接往裡頭開進去。

漸漸的，軌道一尺接著一尺，沿著海床斜坡沉入海中。翠綠色的陽光穿透他們頭頂上方的海水，不停閃動，然後隨著火車愈來愈深入海底，迅速轉為幽暗的深藍色。周遭的聲音變得悶悶的，岩石、海草和銀色魚群接連出現，好奇的盯著他們，而且側面都反射著亮光。

「哇！」凱特說：「哇噢！到底發生了什麼事？」

別問我

但這裡真的很美

凱特把手伸出窗外，用指尖掠過海水隧道的一側。一條將近一公尺長的藍色鈍頭魚游了過去，小口咬著岩石，身邊還跟著一群緊貼在兩側的小魚。銀箭號朝著愈來愈深的海底前進，直到周圍的水幾乎變成黑色的，而且冷得足以讓凱特穿上她的厚重外套。

他們在光線完全消失之前看到的最後一幕，是抹香鯨的巨大身影像飛艇一樣，從上方緩慢雄偉的滑行過去。接著，海水就暗得跟黑夜一樣，只能看到一些螢光魚在閃閃發光。

就在某個時候——凱特不可能說得出是什麼時候——軌道深入海床裡，海洋的黑色變成地底隧道的黑色，於是凱特把燈打開。過了整整半個小時後，火

車又再度回到海中，然後四周的海水從一片漆黑變成深藍色，再變成翠綠色，愈來愈明亮，直到他們現身在一個有炎熱陽光和白色沙灘的世界。眼前的景色真的美極了，凱特收起汽門，減速煞車，儘管他們沒有開進任何車站。

他們來到一座位於閃亮藍色大海中的低矮沙

島。

凱特的沙灘體驗多半不是來自海邊；他們去過密西根湖的沙灘，而且感覺有點失望。為了省錢，他們一家人通常會在天氣比較涼的淡季前往，那些沙灘看起來窄窄的、灰灰的，不是很乾淨。

但這個地方完全不同。這裡的沙子像麵粉一樣又細又軟，也幾乎一樣白，還一路延伸到一座頂端冒出青草的優美沙丘。

「這簡直是我的天然棲息地！」漁貓說，然後她蹦蹦跳跳的跳下水，白腹鷺也跟在後面大步走。她們倆展開一場捕魚比賽，不過很難說誰贏，因為她們都不停吃著自己的魚。

曼巴蛇在沙灘上晒太陽。

「你們溫血動物不會懂這種感覺的。」他說：「真的完全不會懂。冰在融化的感覺一定就像這樣。」

「我想我有一點懂，」凱特說：「我當過一陣子的樹。」

凱特和湯姆脫下鞋子，衝向沙丘的頂端，而且邊跑邊把沙子踢飛。從那裡，他們幾乎可以看到整座島嶼——位在汪洋大海中的一座橢圓形白沙孤島。「這幾百公里以內，一定只有我們。」凱特想。

他們去用餐車廂拿了食物，又去臥鋪車廂拿了一條毯子，然後開始野餐。

豪豬跟他們一起坐在毯子上，心滿意足的啃著胡蘿蔔。穿山甲寶寶跌跌撞撞的走來走去，在沙灘上玩耍。最近他的活動力旺盛多了，會用驚人的長舌頭聞東聞西。他有四隻腳，但大部分時間都用兩隻腳搖搖晃晃走路，而且弓著身體，看起來就像個全身披著鱗片的小老頭。

「我想知道這會持續多久。」凱特說。

「什麼？野餐嗎？」

「這整件事。火車、動物、探險，感覺好像已經過了幾個星期那麼久。我是說，我喜歡這趟旅程，但我很想爸爸媽媽。」

「對啊，我也是。」湯姆說。

「我知道我們一定要把動物載到目的地，但有些動物靠老方法也辦得到，你懂吧，就像雁群那樣。」

凱特任由自己的思緒飄移。

「我在想這座島有沒有名字。」她懶洋洋的說。

「當然有，」湯姆說：「它叫智慧島。」

「你怎麼會知道？」

「火車告訴我的。」

「喔，」凱特說：「它是怎樣有智慧？」

「呃，妳可以挖寶藏。」

凱特喜歡這個名字念起來的感覺，儘管她還看不出哪裡有智慧。跟往常一樣，她對任何免費的東西都抱持懷疑的態度。

「你在任何地方都能挖寶藏，」她說：「從來沒有人發現過任何東西。」

「對！妳知道大家總是在海灘上挖來挖去，卻什麼也找不到嗎？在這裡，只要妳挖，就能找到東西！」

「什麼？一定找得到嗎？」

他點了點頭，「每個人都能找到一樣東西。」

「像是金子和銀子嗎？」

「我不知道，」湯姆說：「我想應該不是那種寶藏。但火車說，每個人的寶藏都不一樣。」

他們沒有立刻開始挖，而是先沿著海灘做調查。他們來回走了幾遍，偶爾在海浪打上岸時往旁邊跳開，偶爾讓海浪沖刷自己的腳丫。他們發現一些像糖果般帶有粉紅色和白色條紋的美麗錐狀貝殼。海水很溫暖，而且透明得跟玻璃一樣——你可以看見魚兒在水中游來游去，只是抓不到而已。

凱特和湯姆爭論著應該在哪裡挖寶藏，他們不確定位置重不重要——如果不管怎樣一定都找得到東西——但一切還是很難說。凱特不禁思考，這麼偏僻的小島究竟能有什麼樣的寶藏。

最後，湯姆選擇了一個靠近沙丘前緣、超過潮水線的較高處，凱特則是一路走回他們原先坐下來的地點，也就是曼巴蛇還幸福躺在粉沙中享受日光浴的地方。她整個人撲倒在野餐毯上，開始用手在旁邊挖洞。

沒多久，她的手就穿越晒得暖呼呼的上層沙子，進入冰冷、粗糙、潮溼的底層。她挖得愈來愈深，跟手肘一樣深，然後繼續往下挖，一直挖到水位區，她感覺手指變得粗糙起來，而且不得不把整隻手臂伸進洞裡，只露出肩膀。

她懷疑湯姆是不是在整她——但事情不是這樣的，湯姆自己也還在挖洞。也許這座小島已經認定她不值得擁有寶藏。

就在這時，她的手指掃過某個堅硬光滑的東西。

那個東西埋得很深，用指尖幾乎抓不起來，但她拚命伸長手指，最後好不容易勾到那個東西的底部。那東西牢牢的卡在沙子裡，但她使勁的拉呀拉，終於把它拉了出來。

那是一個緊緊扣住的金屬小扁盒。凱特想知道這麼小的盒子究竟能裝什麼寶藏，於是她解開扣件，把它打開。金屬盒裡放著一個鋪著深藍色天鵝絨絨布的小盒子，小盒子裡裝著一副玳瑁眼鏡。

一張字跡工整的手寫標籤跟眼鏡繫在一起，上面寫著：

這是葛麗絲・霍普
最初設計電腦程式時戴的眼鏡

雖然這副眼鏡跟一般的眼鏡差不多，但對凱特來說，它比鑲滿鑽石的王冠還要珍貴。**葛麗絲・霍普曾經透過這副眼鏡看東西**，凱特想著。透過這個框架和鏡片，葛麗絲・霍普曾經讀到她那聰明絕頂的大腦告訴她聰明絕頂的手指要打進電腦裡的東西，而且改變了歷史。

再說它也滿酷的，有一種懷舊復古的味道。

凱特小心翼翼的把眼鏡放回盒子裡，然後關上盒子。她會永遠保留它，雖然她的視力很好，但她決定要用最短的時間讀很多很多書、寫很多很多高明的程式碼來搞壞視力，然後戴著這副眼鏡度過餘生。

她準備把自己找到的東西拿給湯姆看，但湯姆也找到了某樣東西。他抱著一隻有著橘色身體、棕色尾巴、外表破破爛爛的小狐狸玩偶，而且淚流滿面。

凱特認得這隻玩偶，它叫「小狐狸」，本名法克西．瓊斯，也就是湯姆從嬰兒時期就擁有，但多年前在滑雪時弄丟，以為再也找不回來的那隻玩偶。現在，法克西．瓊斯終於永遠回到他的身邊了。

19 暮星號

後來有一天，當火車穿越一片平坦得像用尺測量打造的灌木平原，穿山甲寶寶也進步到可以吃一點從用餐車廂供應的生漢堡肉，大家都為他感到非常驕傲時，凱特走過載客車廂，發現裡面看起來比平常還要空。因為上車的動物愈來愈少，下車的動物愈來愈多。

幾天後，火車上只剩下圖書室車廂裡的動物：漁貓、白腹鷺、曼巴蛇和豪豬，還有沉睡中的北極熊，以及穿山甲寶寶。也就是在這個時候，他們開始進入從某方面來看可說是整趟旅程中最艱苦的部分。

火車開到一片寒冷沙漠中，而且已經行駛了好幾天。霜雪在綿延不絕的空曠沙丘上堆積出細長的虎紋圖案，當風吹起時，乾枯的粉雪和沙子會沙沙作響，然後啪嗒啪嗒打在玻璃車窗上。豪豬比平常更煩躁不安，而且抱怨他和穿山甲寶寶的相處時間沒有得到公平分配。

有一次，火車開到一個隧道前，外面有個牌子寫著「小心落石！」，於是凱特和湯姆只好從其中一節篷車車廂找出一臺嘎吱作響的老舊手搖車（handcar），然後頂著嚴寒的天氣，不停上下壓動手搖車的槓柄，帶領火車穿過隧道，確保軌道一路暢通。

還有一次，銀箭號幾乎快沒水了，還好後來湯姆想到他們有一整個游泳池車廂的水可以用。

到了晚上，凱特和湯姆會輪流熬夜，這樣其中一人駕駛銀箭號時，另一人就能蜷縮在溫暖舒適的臥鋪車廂裡睡覺。他們要隨時注意有沒有危險的彎道、警告標誌、陡峭的斜坡，或者任何可能擋住軌道的東西。曾經有好幾次，他們不得不臨時停車，鏟走堆積在軌道上的風沙。

這種日子持續了好一陣子，凱特開始懷疑自己還能撐多久。她開始有黑眼圈，而且當她閉上眼睛時，她只看到更多軌道從她身邊閃過。她累得老是撞到駕駛室裡的熱銅管，把自己燙傷。

不僅如此，沙漠的寒氣也鑽進火車裡，以至於大家都看得見自己吐出的霧氣，就算凱特窩在火箱旁邊，好像也沒辦法讓身體暖和起來。

「我在哪裡？」凱特想，**「我在這裡做什麼？」**她感覺自己好像已經在銀箭號上待了一輩子。這是個千載難逢的探險旅

程，但也有好多好多工作要做，而且真的花了好久的時間。

然後有一天，在清晨太陽升起前那寂靜無聲、天寒地凍的一小時裡，火車又開始放慢速度。凱特往窗外看去，但沒有看到任何車站。

嗒嗒嗒——叮。

快看前面

凱特打了個呵欠，伸了伸懶腰，然後把頭伸出窗外。她懂銀箭號在說什麼了。

「有沒有搞錯啊？」

我也想知道有沒有搞錯

大家都不確定，但在昏暗的天色下，前方的陸地看起來好像消失在懸崖盡頭。但軌道並沒有在懸崖邊結束，而是越過懸崖，繼續向前延伸，進入稀薄的空氣中。

凱特下了火車，在銀箭號車頭燈的照射下往前走。軌道原本直直的前進，但當凱特的眼睛愈來愈適應四周的黑暗，她看見更遠一點的軌道就像雲霄飛車軌道那樣向上彎，愈來愈陡，最後衝進暗沉多雲的天空。

凱特咬著嘴唇，思考著。然後她回到火車上。

「我們要怎麼上去？」她說：「你上不去的，對吧？」

對

凱特想了一下。

「還有別的辦法嗎？」凱特問。

我不認為有別的辦法

「你可以倒退嗎？」

可以

在給了這個令人讚賞的簡短回答之後，銀箭號開始長篇大論的說起逆轉機的神奇功用，還有一種叫做華式汽門（Walschaerts valve gear）的東西，它是由偉大卻默默無聞的比利時工程師埃吉德．華爾夏茲（Egide Walschaerts，一八二〇——一九〇一年）發明的，可以讓蒸汽火車更容易倒退。但我要省略這部分，不客氣。

「那也許我們應該倒退。」凱特說。

也許我們是該倒退

凱特沒說什麼，只是把冷冰冰的雙手壓在臉上。她又累又冷，唯一能想到的是趕緊跑回家，鑽進那溫暖又熟悉的床上睡個七天七夜。但這代表她得放棄她的任務

——把這些動物送到他們要去的地方。況且他們不只是動物，更是她的朋友。

但她還能做什麼呢？這是辦不到的，她已經不能控制現在的情況了。她很難過自己想要放棄，但這個念頭——雖然她不願承認——也帶給她無比的解脫感。也許這個任務對她來說太艱鉅了，畢竟她才十一歲。

「我不想放棄。」她說。但她的聲音聽起來很空洞。她真的，真的很想放棄。

沒有人會怪妳

「那副眼鏡我可以留著嗎？」她小聲的說：「葛麗絲・霍普的眼鏡？就算我們沒有真的完成任務？」

妳可以留著那副眼鏡

但他們不會完成任務，而這讓凱特心煩，因為感覺就像是從前的那個凱特——在這一切發生之前的那個凱特——會做的事。在這列火車上，她學會了對事物負起責任，不管是對玩具，還是對真實的事物。但有些事就是辦不到，這也是事實。

妳為什麼不去走一走

「那有幫助嗎？」

別問我，我連腿都沒有

但人類需要靈感的時候

似乎都會這麼做

於是她去走一走，至少她的身體也許會暖和起來。

她沒有離開火車，而是做了一件每個人都想做但幾乎沒有機會做的事，那就是走在火車的車頂上。你只要搭火車，就可以清楚看到有梯子通往車頂，但是出於某種荒謬的原因，沒有人可以使用它們，除了列車長和在動作片裡打架的人。

現在她的機會來了。她沿著梯子爬到一節載客車廂的車頂，然後開始走一走。這其實不困難，車頂大約有三公尺寬，不過中央部分確實稍微隆起，而且車廂與車廂之間的距離大得讓她有點心驚膽跳。她懷疑自己能否在火車行駛時這樣做，那會有多酷啊？

但她只是在分散自己的注意力。她意識到，動物絕對不會這樣。人們看不起動物，但動物從不找藉口或自卑自憐，動物永遠不會這麼想，而且總是勇敢面對問題。

凱特一路走到她還沒去過的守車。守車的外壁漆成紅色，裡面有個小爐子，還有床鋪和一張桌子，看起來就像俱樂部聚會所。它的尾端有個平臺，可以讓人坐在那裡看著軌道不斷向後延伸。她在心裡告訴自己，待會兒還要再回來這裡。不過後來她想到，可能不會有「待會兒」這件事。

就在凱特往回走時，她注意到草地上有一條通往樹林的鏽褐色火車軌道，看起來非常老舊，就跟她家後面的那些軌道一樣。她從車頂上爬下來，沿著軌道前進。

雖然天氣還是很冷，但至少太陽出來了。凱特踩著粗厚的舊枕木，走到樹林前。

她在那裡沒有找到靈感，但找到了另一節蒸汽火車頭。

這節蒸汽火車頭矗立在一條側線上，現在凱特知道側線是用來停放無人使用列車的一段軌道。而它看起來確實已經很久沒有人使用了。

這節火車頭的外漆剝落，整個都鏽成磚紅色，透過鏽蝕的洞口可以看見巨大鍋爐的漆黑內部，也就是曾經產生蒸汽的地方。窗戶上的玻璃都不見了，生鏽的車輪被一堆雜草遮住，再也不會轉動。

它以前一定跟銀箭號一樣快速、一樣強勁有力、一樣驕傲，也一定曾經拖著長長一串車廂，噴著蒸汽，轟隆隆行駛在軌道上。但那些日子再也不會回來，你永遠無法修復它，已經太晚了。

儘管如此，你還是可以從已經掉漆的模糊痕跡中，勉強認出它的名字：

暮星號

凱特伸手摸了摸那破損而脆弱的金屬車殼。

「太可惜了，暮星號，」她說：「我相信你以前是一列很棒的火車。」

就是這個，這就是賀伯特舅舅要他們留意的那個暮星。嗯，她找到了，結果它不是一顆真的星星，而是一列火車。她在想究竟是誰把它留在這裡的？他們知道自己是永遠的離開嗎？他們是不是告訴它說，以後會回來，但再也沒有回來？一隻知更鳥從火車窗戶內向外飛，奔向明亮的空中。那裡面一定有鳥窩，凱特想。所以至少有鳥兒跟它作伴。

凱特回到銀箭號，思緒不斷湧現在腦海裡。

「我發現一個東西，」凱特說：「一列叫做暮星號的舊火車。」

喔

「你聽說過嗎？」

它就是我前面的那列火車

那列一去不回的火車

原來這就是它遇到的事。

「它一定是跑不動了。」

它一定是發生故障

列車長一定是拋下它，回家去了

「喔！那他們有怎樣嗎？」

沒有怎樣

他們的探險就到這裡結束了

「車上的動物怎麼辦？」

自己照顧自己吧，我想

這並不容易，但動物已經習慣了

凱特沉默下來，坐在銀箭號的駕駛室裡環顧四周。她記得第一次進來時，這裡看起來很古怪，但現在卻感覺像家一樣。她開始想像它跟暮星號一樣老舊、生鏽、破損，獨自忍受風吹雨打和冰雪侵襲，孤零零的沒人要。

「我絕不會拋下你的。」她輕輕的說。但銀箭號沒有回答，也許它不相信她，也許它是對的。

她不能回頭，但也不知如何前進。她知道不該半途而廢，但當人們告訴你絕不能放棄時，他們從來不說繼續前進有多困難！也許當個探險家就是要知道探險之旅何時結束，也許這是她要學習的另一個人生課題。

但她想到了動物，還有銀箭號。她閉上眼睛，一行淚水滴了下來。她把眼淚擦乾，然後走回圖書室車廂。

20 有下巴的動物

白腹鷺找到一本有許多手繪鳥類圖片的舊書，正在用長長的鳥喙翻開來看。漁貓在游泳池車廂的寒冷池水裡游了一會兒，現在窩在柴爐旁邊烘乾身上的毛，睡得很熟。曼巴蛇垂掛在車廂頂部的燈上，看起來就像一條鬆脫的綠色電線。凱特永遠都想不透他是怎麼上去的。

穿山甲寶寶蜷縮成一團，讓豪豬在鋪著地毯的車廂地板上把他滾來滾去。穿山甲寶寶似乎很喜歡這樣。

「所以，」凱特說：「我們有個問題。」

「什麼問題？」白腹鷺說。

凱特進行一番解釋，動物們全都沉思了一會兒。

「如果我身上的刺毛可以幫忙解決問題，儘管開口，別客氣。」豪豬說。

「謝謝。」雖然凱特很確定他們面臨的不是那種問題。

又是一陣長長的沉默，在這期間漁貓醒了過來，問大家發生了什麼事，凱特不得不重新解釋一遍。

白腹鷺把她的大書闔起來。

「妳記不記得我們談過入侵物種，還有為什麼他們很壞？」她說。

「記得。」

「我們還沒提到一種特別惡劣的入侵物種，一種猿類——他們的頭大得很奇怪，而且身上幾乎沒有毛。」

「喔！他們最糟糕了。」豪豬說。

「我想我知道妳要說什麼。」凱特說。

「他們還有下巴，」漁貓說：「就是嘴巴下面那塊凸出來的骨頭，那是最奇怪的構造。地球上的其他動物都沒有下巴。」

「好了，好了，我懂了。」凱特說。

「這群猿類不只是入侵者，還是創造出其他所有入侵物種的原始入侵者。我們對椋鳥感到生氣，但仔細想想，那不是椋鳥的錯，他們從來沒有要求誰帶他們去北美洲，他們也不在乎莎士比亞。要不是這群有下巴、沒什麼毛的猿類，也許根本不會出現入侵物種。」

「而且這只是個起頭，他們還製造了其他各種問題，包括到處蓋房子、砍樹、把河流堵起來建水壩、破壞大氣層、使海洋溫度上升——我的意思是，松鼠算什麼，這群猿類每一天都讓十幾個物種消失，他們把穿山甲抓起來磨成藥粉，讓穿山甲瀕臨絕種，而且那些藥粉其實一點作用也沒有！」

「我懂，」凱特悶悶不樂的坐在扶手椅上，「你們在說人類。」

「有件事我還是不明白，」豪豬說：「你們到底是怎麼辦到的？你們又沒有刺毛。」

「或是毒液。」曼巴蛇說。

「或是翅膀。」

「你們知道我現在想抓什麼嗎？」漁貓說：「一條好吃的魚。」

「妳曾經問我們這些動物要去哪裡，」白腹鷺說：「我想大家都不願意說出來，但事實上我們正在逃離你們。」

凱特看著身邊的動物，她真的很喜歡他們。

「我不曉得是這樣。」她小聲的說。

「綠曼巴蛇沒有瀕臨絕種，」曼巴蛇說：「我想看你們人類怎麼滅絕曼巴蛇！但你們正在摧毀我住的森林，所以我要去莫三比克。不過，漁貓的麻煩可大了。」

「真的。」漁貓若無其事的洗起臉來，彷彿她在聊天氣一樣。「我們已經沒剩多少隻了。人類獵殺我們、設陷阱抓我們、汙染我們的環境毒害我們，在我們美麗的沼澤上鋪路。我會在這裡就是因為他們為了蓋飯店，把我們的紅樹林填平了。但白腹鷺的情況更糟。」

「喔！別亂講。」白腹鷺試著保持淡定。

「說出來吧！你們一定只剩幾百隻而已。」

白腹鷺嘆了口氣，「這是真的，我們現在快要絕種了。人類獵捕我們、偷走我們的蛋，還堵住我們的河流來蓋水壩和發電廠。」

大夥兒陷入一陣沉默。

「我們很好，」豪豬說：「謝謝你們的問候，豪豬沒有絕種。」

「一切都在改變，」白腹鷺說：「世界各地的動物都在遠離家園，就像人類的難民一樣。看看那隻可憐的北極熊！」

「北極熊怎麼了？」凱特憂愁的說。

「她原本在等火車，」曼巴蛇說：「但她的車站是海冰做的，天氣變熱就融化了，所以她孤零零的游在海面上。妳發現她的時候，她差點就沒救了。」

凱特癱坐在扶手椅裡，感覺快要被自己的羞愧感淹沒。在那一刻，她好希望自己沒有聽見動物們剛剛告訴她的事，她好希望待在家裡，沒有坐上銀箭號。

她以為自己正在擺脫那乏味無趣、沒有意義的生活，但現在這樣更糟，而且最糟的是——一切都是她的錯。當你還是個小孩的時候，大人的世界看起來很令人興奮，事實上確實如此，但它也比你想像的還要悲哀、還要複雜。你不能只接受好的部分，你必須全部承受，即使那不是你想要的。

而且一旦你這麼做，就無法回頭了。

「你們一定恨我們，」她低聲說：

「你們一定恨透我們了。」

「不，」白腹鷺說：「算不上憎恨。」

這是最奇怪的地方——真的，他們的語氣不帶恨意。

「人類才會憎恨。」漁貓說。

「我們可能會生氣，」豪豬說：「我自己就常常這樣，但我們不會憎恨。」

「現在妳明白為什麼我們不擔心火車的問題了吧！」白腹鷺說。

「妳的意思是——反正我們都會死？」凱特說。

「不，我們不擔心的原因是，誰都無法像人類那樣足智多謀，懂得隨機應變。打從四十億年前地球開始有生命以來，你們就是最成功的動物，你們什麼都比我們強。如果妳想解決這個問題，妳會解決的，因為當人類想要達成某個目的，沒有什麼能阻擋得了。」

「但我們很糟糕！」凱特抱怨說：「我們做了那麼多可怕的事！」

「對，」白腹鷺說：「確實是這樣，但以動物來說，你們表現出來的行為特別多樣，有些人很糟糕，有些一點都不壞，有些幾乎是好人。」

「人類當中的好人，」漁貓說：「想像一下他們能做的事。」

「他們能做任何事，」曼巴蛇輕聲說：「什麼事都行。」

凱特抬起頭來，大家都注視著她。她看著曼巴蛇那雙沒有眼皮的黑眼睛、漁貓的綠眼睛、豪豬的黑眼珠，還有白腹鷺那雙醒目的橙紅色圓眼睛。

在經歷人類的種種惡劣對待之後，這些動物仍然懷抱希望。無論發生什麼事，他們永遠都不放棄。他們做不到，因為他們沒有那種奢侈的權利。當凱特明白了這一點，她知道自己同樣做不到。以前葛麗絲．霍普的牆上有個倒著走的時鐘，告訴人們永遠可以用不一樣的方法做事情。凱特會是個不一樣的人。

她不打算回家，她要帶這些動物去他們要去的地方。在銀箭號出現以前——如今感覺起來像是很久很久以前，她希望過著跟書中主角一樣的日子，整個世界都陷入危機，要靠她來拯救。

現在她明白這一切都是真的。世界真的陷入了危機，真的要靠她來拯救。

她站了起來。

「我來看看我能做些什麼。」凱特說。

21

凱特能做的事

「我不知道該做些什麼，」凱特說：「完全不知道。」

她回到駕駛室，跟湯姆在一起。有那麼一會兒，她感覺很棒，好像自己真的是故事裡的英雄人物，但現在那種感覺已經消失了，她的腦子裡一片空白。

湯姆正在看著她。

「怎麼了？」

「妳為什麼不問我？」他說。

「問你什麼？」

「問我有沒有點子。」

她不得不承認，她真的沒有想到要問他。

「湯姆，老實說，如果我需要有人幫忙吃東西或拆東西，我會找你。但我認為我是這裡負責想辦法的人。」凱特說。

「可是妳看起來好像沒辦法了。」

凱特張開嘴巴要回答，但話還沒說出口，銀箭號就發出嗒嗒嗒—叮的聲音。

妳知道嗎？凱特

嗯，銀箭號很少用凱特的真實名字叫她。

「怎麼了？」

我只是想說

現在也許不是那種需要高明意見的時候

湯姆沒有說話，只是把兩手交叉放在胸前等著。凱特翻了個白眼。

不過說真的，她最近花了很多時間在了解動物和火車，沒有太注意她的弟弟。這一路走來，湯姆都陪在她身邊，跟她一樣認真工作，而且也沒有放棄。她是應該聽聽他要說些什麼。

「好吧！你真的有點子嗎？」

「對。」

「是不是像你上次拿垃圾袋當降落傘，然後從車庫屋頂跳到廚房的那種點子？而且你還摔斷了鎖骨？」

「這次的點子更好。」湯姆說。

凱特比了個手勢，要他趕快說。

「妳要先說我很棒，還有妳很高興有我陪妳一起旅行。」

天哪！做正確的事有時真讓人不爽。

「好吧！你很棒，我很高興有你陪我一起旅行。」

「很好。」湯姆說：「妳跟那些動物待在圖書室車廂的時候，我把火車都摸熟了。」

「好棒棒，那又怎樣？」

「那表示我有去神祕車廂看過，妳還沒有。」湯姆說。

☆　☆　☆

凱特完全忘了那一節神祕車廂。

當然，她有從外面看過，它看起來沒有特別神祕。事實上，它就像一節普通的老式篷車車廂：全木造，非鋼製，而且漆成淡淡的水藍色。但現在仔細一看，她發現其中一邊的小門上有個褪色的白漆字樣：

凱特打開小門，往裡頭看，湯姆在外面等著。

「我說得沒錯吧？」湯姆說。

凱特點了點頭，湯姆過剩的精力有時確實能派上用場。

「當你是對的，」她說：「你就是對的。」

「我們可能要跟銀箭號談談這件事。」

「也許吧，但也許不用，因為那樣就太掃興了。」

他們一起走回駕駛室。

怎麼樣？

「我們要倒退。」湯姆開始讓火車頭向後走。

為什麼？

我們要放棄嗎？

「我們沒有要放棄，」凱特說：「我們正在倒退。」

要退多遠？

「夠遠就行了，比方說大約一公里。」湯姆說。

夠做什麼？

「反正就是要夠。」凱特說：「你相信我們吧？」

銀箭號沉默了一會兒，而且是好一會兒，最後它打出一句話：

對

「哇！」湯姆說：「我不知道你連這麼小的字也打得出來。」

也許我們應該重新讓凱特駕駛火車

「沒關係，這樣很好，」凱特說：「你是對的，湯姆知道該怎麼做。」

我完全贊成給湯姆一些鼓勵，但

「很好。」

就在他們倒退大約一公里後，湯姆把火車停下來，增加蒸汽量，然後銀箭號又開始往前進，而且走得愈來愈快，愈來愈快，沒多久就開始奔馳起來。

湯姆拉動汽笛：

嘟！嘟——！

火車的**噴氣聲**跟著變快，最後連成一長串隆隆聲響。凱特看了看外面，現在就算他們想停也停不下來了。

「凱特，快去吧！」湯姆大喊。

於是凱特衝回神祕車廂。

「快找個東西抓好！」她在穿越圖書室車廂時對動物們說。

原來凱特在神祕車廂裡看到一對巨大的鋼製圓錐體，它們以螺栓固定在一個T

形的巨大鋼梁上，開口向後展開，表面光亮，沒有上漆。你幾乎不可能錯認它們——那是一對火箭引擎。

「我就知道賀伯特舅舅應該送我們火箭的！」凱特對自己說。

當然，銀箭號並沒有在兩人的訓練課程中提到如何操作火箭引擎。幸運的是，這對火箭引擎看起來不是太複雜，它們中間的T字鋼梁上有個紅色小按鈕，按鈕下方有個標籤寫著：**按下我然後趕快跑**。

凱特按下了按鈕。

就在這時，強大的氣動裝置開始運轉，把兩個圓錐體向左右兩側推出去，而且穿破篷車車廂的木造壁板。車廂劇烈抖動，發出碰撞聲響，碎片四處飛散，現在火車兩邊各有一個火箭引擎冒出來了。

凱特用最快的速度跑開。

一道沉穩的聲音開始從十倒數計時。凱特邊跑邊想，它應該挑選一個更大的數字開始倒數才對，如果有機會的話，她一定會提報這個設計缺陷。她穿過了篷車車廂，穿過了糖果車廂，穿過了平板車廂，一直跑到圖書室車廂，然後火箭射了出去。

「射」是個正確的字眼，因為那感覺就像有個超大的足球員從守車那裡對火車猛踢一腳射球，又好像火車真的變成一支銀箭，從一把大弓上發射出去。凱特整個人向後倒，撞上了圖書室車廂的後側牆板。

她就像魔鬼氈一樣緊貼在那裡，因為火車衝得非常快。車廂裡沒有釘住的東西也加入她的行列，全都飛到後側牆板上（幸好有人已經想到把家具固定起來，雖然墊子不包括在內）。凱特對抗著G力，只能勉強轉動頭部。她看見窗外的景物不斷飛過，而且愈來愈快，愈來愈快，甚至比火車衝下山坡時還要快，整列火車也在巨大加速力量的推動下劇烈晃動。儘管凱特沒辦法看到，但火箭引擎正在他們身後噴出明亮的藍白色火焰，把火車以極快速度推向懸崖邊緣。

凱特立刻想到一個急迫的問題：這對火箭引擎有足夠的動力把整列火車推上幾乎垂直的軌道嗎？如果它們真的有足夠的動力，這條軌道又會把他們帶到哪裡呢？

銀箭號衝出懸崖，窗外的田野消失了，現在只看得到空曠的藍天，而且火車的速度還在加快。接著，它開始向後傾，向後傾，再向後傾，因為底下的軌道不斷朝著天空往上彎，往上彎，再往上彎，直到凱特身上的每一根神經都在大喊：**停下來！停下來！看在老天的份上，快停下來！**

但火箭引擎沒有煞車裝置，甚至沒有**停止**鈕。書架上有根橫木桿垮掉了，一整排的書全打在凱特身上。火車衝破雲層往上跑，然後凱特發現有件更瘋狂的事發生了：軌道繼續越過垂直線向後彎，彎到上下顛倒——不過火箭引擎的推進力太強了，所以有股離心力讓他們緊貼著軌道前進。軌道再繼續向後彎，形成一個三百六十度的雲霄飛車環道。就在一個超凡癲狂的

時刻，他們完全翻轉過來，凱特頭下腳上，處於失重狀態，她所有的恐懼也突然消失。她笑了起來，因為那感覺真的很棒。

然後他們開始往下衝。雖然火車的速度還是很快，但沒有再加速。凱特、書本和其他所有東西全都從牆板滑落到地板上，回到屬於他們的地方。

她全身痠軟，精疲力盡。火箭引擎的運轉聲漸漸變小，然後停止。她勉強站了起來，搖搖晃晃的走向窗邊。外面只有雲朵，就在他們腳下。

他們在一條空中軌道上。

「大家還好嗎？」她輕聲的問。

嗒嗒嗒——叮。

天哪，剛才真是太神奇了

22 空中火車站

銀箭號在雲朵上行駛著。

嗒嗒嗒——叮。

如果死亡是這樣，那真的沒那麼糟

這是一段很長的路。火車前後的軌道穿越天空，蜿蜒到遠方，看起來又細又窄，而且搖搖欲墜。

凱特向前走去，她想知道雲裡到底藏著什麼玄機，值得他們走這一遭。她感覺自己每一步都踩得很輕、很小心，彷彿隨時可能從火車上摔下來。

然後，她發現前方有座車站。它看起來就像個普通的鄉村火車站，有一座狹窄的月臺，月臺上有欄杆和小頂棚。不同的是，它矗立在大約一公里高的空中，而且完全用雲朵做成，就像有人決定只用蓬鬆的白色棉花搭起一座車站。

她在用餐車廂裡找到了動物們。

「不知道誰要在這裡下車。」凱特說。

「這不是我的自然棲地。」豪豬說。

「也不是我的。」白腹鷺說。

「我想我可能知道。」漁貓說。

漁貓把目光移向穿山甲寶寶。穿山甲寶寶在火箭搭載之旅中毫髮無損，而且一直蜷縮在他的鱗甲小球裡，顯然睡得很安穩。

「穿山甲寶寶？」凱特說：「小小穿山甲？是他？我搞不懂。我們在哪裡？」

「我不知道，」曼巴蛇說：「但這是個非常神奇的地方。」

凱特用手捧起穿山甲寶寶，他睜開一雙聰明的黑眼睛，抬頭望著她。從她把他誤認成松果的那天到現在，他肯定長大了，但感覺起來還是沒什麼重量。她帶著穿山甲寶寶向前走到載客車廂，然後打開車門。

她把腳伸出去試探了一下，就像在試探薄冰那樣，但雲朵月臺非常牢固。她小心翼翼的踩上月臺，雖然軟軟的，卻很有彈性，就像踩在一張扎實的軟墊上。儘管在雲朵上跳來跳去會很有趣，但出於某種原因，凱特沒那個心情。這是一個出奇莊嚴的地方。

湯姆在她身後爬下火車，其他動物也跟來了。整座月臺空蕩蕩的。一陣冷風吹來，站在這麼高的地方，凱特不禁有種輕飄飄、頭暈目眩的感覺。

這不可能是對的。他們應該就這樣把穿山甲寶寶留在空中嗎？讓他變得孤零零的，就像當初她找到他的時候一樣？她在月臺上盤腿坐下，把穿山甲寶寶放在她的大腿上。火車的巨大陰影籠罩著月臺，湯姆和動物們都圍在她身邊。

通常月臺上會有個標示牌顯示地名，但這裡的標示牌只寫著「有朝一日」。

「有朝一日？什麼意思？這不是個地名。」她說。

「意思是還沒有一個地方適合他，」漁貓說：「現在還沒有，還沒出現。在這個世界上，我們能帶他去的地方都不夠安全，所以他得留在這裡，等到情況變好為止。」

凱特低頭看著她腿上的穿山甲寶寶，還有那傻乎乎又茫茫然的小松果臉。一滴淚水落在他的棕色鱗片上，他伸出長得出奇的粉紅色舌頭舔了舔凱特的鼻子。凱特很難相信有人會做出傷害穿山甲寶寶的事。她想要永遠抱著他，保護著他。

但倒不是人們故意要傷害他，她心想，不完全是這樣。他們只是沒有注意到他，他們不在乎。他們沒有想到穿山甲寶寶，他們只想到自己。

但妳必須想到他們，不能忘記他們。凱特下定決心，無論她在哪裡，無論在做什麼，她都會記得穿山甲寶寶。現在她知道自己該怎麼做了。她親了親穿山甲寶寶，然後把他單獨留在月臺上。

「再見，」她說：「我愛你。」

穿山甲寶寶看了凱特最後一眼，嗅了嗅氣味，然後展開身子，開始快樂而笨拙的到處走動，就像他一直以來那樣。

凱特走回載客車廂，湯姆和動物們已經在裡面等候。這時，空中火車站開始改變形狀，它正軟化和融化成一座軟綿綿的雲朵小島，保護穿山甲寶寶的安全，直到世界上有個適合他生活的地方為止。

銀箭號發出一陣巨大的噴氣聲，然後駛離了空中火車站。

在這個世界上，有些問題就是沒有答案——現在還沒有。

23 臨別一語

凱特知道接下來會發生什麼事，但她不確定自己是否準備好了。

他們在空中走了一整天。黃昏時分，軌道開始朝地面逐漸彎下去，並且在入夜之後於一座山頂著陸。銀箭號不放心在季節後期行駛這條路線，所以不斷趕路，直到隔天早上才停下來。他們來到一座有鐵皮屋頂、爬滿藤蔓的小巧火車站，這裡的空氣很潮溼，而且充滿異國花草的味道。儘管氣溫還沒升高，但你感覺得出來今天會是個大熱天。

凱特站在敞開的車門前，一道聲音從旁邊傳來。

「我的車站到了。」曼巴蛇說。

「是嗎？我們在哪裡？」

「莫三比克。這裡是東非海岸森林，住著很多東部綠曼巴蛇。」

凱特蹲下來，看著曼巴蛇那雙不會眨的黑眼睛。她還記得自己第一次見到他時有多害怕，但現在她卻一點也不介意他立起上半身，爬上她的脖子。

事實上，她滿喜歡曼巴蛇帶給她皮膚的那種涼爽和滑順感。雖然他的身體跟凱特的身高一樣長，但相當纖細，所以幾乎感覺不到什麼重量。

「妳知道，我們曼巴蛇真的非常、非常害羞，」他說：「但我在妳面前不會害羞。」

「我在你面前也不會害羞。」

「謝謝妳載我來這裡，凱特，我知道這並不容易。」

「這是我的榮幸，這是我最起碼該做的。我的意思是，在發生了……你知道……

那些事情以後。」

「不要對人類的所作所為感到太難過，」曼巴蛇用凱特從沒聽過的溫柔語氣說：「只感到內疚是不會有任何幫助的。人類是動物，會做所有動物都在做的事，那就是確保自己能活下去。只是你們太懂得怎麼做了，以至於現在必須變成一種新的動物——一種確保其他所有動物也能活下去的新動物。」

曼巴蛇安靜無聲的滑出車門，穿越月臺，像一道亮綠色的波浪狀線條，消失在森林中。

下一站緊鄰著一條又寬又淺、水面快速沖過石頭的淡灰色河流。

「輪到我了。」白腹鷺說。

她伸出細長的腿，踏上月臺。儘管她真的有向前彎起膝蓋，凱特還是覺得那雙腿看起來很奇怪。

「我想不丹應該不是妳常來的地方。」白腹鷺說。

「不算是。」直到這一刻，凱特才意識到不丹是個國家。

「很多人都是這樣。」

「我猜這就是不丹很適合你們的原因。」凱特說。

「沒錯。」

「我會努力不讓人類毀掉一切。我真的會努力的。」

白腹鷺頂著美麗的冠羽，點了點頭。

「我知道。」她用翅膀碰了碰凱特的手，「雖然對我們來說可能太晚了，最後一隻白腹鷺大概會在妳這一代消失。我們美麗

又無害，但這樣卻還不夠。」

「答應我，妳不會放棄。這個世界已經失去了平衡，可是現在還不會太晚，它還是可以找到新的平衡。」

接著白腹鷺張開寬大的翅膀，飛向空中，然後滑降到河中的一根舊木頭上，開始尋找水裡的魚。

白腹鷺離開之後，凱特走回圖書室車廂。那裡只剩下漁貓和豪豬，即使湯姆也進來加入他們，感覺還是很空虛。

凱特在沙發上坐了下來，然後漁貓走過來趴在凱特的大腿上，這是從來沒有過的現象。她真的很大隻，就像一隻大狗那樣完全蓋住了凱特的大腿。

「妳會很介意抓抓我耳朵後面的地方嗎？」漁貓問。

「我正要問妳**介不介意**我這麼做呢！」

凱特輕輕搔著。

「嗯——真舒服。我可以自己用後腿抓，但是用手指抓的感覺更棒。」

漁貓開始呼嚕呼嚕叫，而且叫得比家貓更低沉、更大聲。凱特第一次聽到她發出這種聲音。

「我不知道妳可以這樣。」凱特說。

「世界上有兩種貓，一種是會吼叫的貓，一種是會呼嚕叫的貓。你沒辦法同時當這兩種貓。獅子會吼叫，老虎會吼叫，但漁貓是會呼嚕叫的貓。」

凱特很高興漁貓可以呼嚕呼嚕叫。

轉眼間，火車又放慢了速度。雖然凱特認識這些動物才幾個星期而已，但不知怎麼的，她覺得跟他們親近的程度超過世界上的任何人，除了她的家人以外。現在，她可能再也見不到他們了。凱特彎下腰，把臉貼在漁貓毛茸茸的脖子上，流下了幾行淚水。

不過，能夠認識他們就已經很棒了，他們會永遠在她的心中。當離別時刻來臨，漁貓從凱特的大腿上輕輕跳下來，然後跟她一起往前走到載客車廂。

火車開進巨大沼澤裡的一座車站。沼澤裡長滿了外表奇特的樹木，它們靠著又長又硬的根部站立在水面上，好像踩著高蹺一樣。這些樹木的數量相當多，而且彼此靠得很近，以至於全部緊密交織在一起。空氣中飄散著一股海洋的味道。

車站全部用熱帶木材搭建而成，屋頂鋪了茅草。

「我們在哪裡？」凱特問。

「我們在紅樹林裡。」漁貓回答。

「樹怎麼可能這樣生長？我是說，在海水裡？」

「紅樹林生長在含有鹽分的水中，」漁貓說：「它們是世界上唯一能這樣做的樹林。」

天空開始下雨，溫溫熱熱的小雨，但漁貓似乎一點也不在意。

「我可能再也見不到妳了。」凱特說。

「我知道。」

「這讓我很難過，感覺快受不了了！動物不會難過嗎？」

「我們當然會難過，」漁貓說：「但我們盡量不讓自己苦惱。動物從不去想事情可能會怎麼樣，或者應該要怎麼樣，我們只會去想實際上是怎麼樣。」

「我會試著記住這句話的。」凱特彎下腰在漁貓的頭上親了一下，「我會永遠記得妳的。」

「我也會記得妳的，凱特。還有，我想告訴妳一件事，只是想確定妳明白這一點，以免妳的爸爸媽媽太忙了，無法常常提醒妳：妳很特別，凱特，妳堅強、聰明又善良，這個世界需要妳。」

淚水湧進凱特的眼眶，模糊了她的視線。這是她有生以來一直想聽到的話，如果這句話從別人口中說出來，她也許會很難相信，但她知道她可以信任漁貓。

「謝謝妳。」她說。

「不客氣。喔，有隻青蛙！」

就這樣，漁貓跑了幾步跳進水中，然後消失了。

在那之後，每當凱特感到沮喪——這總會發生，因為就算你年紀再大，也免不了會有心情低落的時候——她會想著在世界上的某個地方，在一座紅樹林沼澤裡，有一隻漁貓記得她。

這意義重大，相當重大，真的。

凱特在激動的情緒中幾乎忘了北極熊的事，但當然，北極熊還跟他們在一起，就在篷車車廂裡。

那天晚上，他們進入北極深處一座位於大塊浮冰上的車站，讓北極熊下車。凱特從來沒有接觸過那麼冷的空氣。狂風不停把雪吹進敞開的車門裡，使她不得不皺起臉並且轉開視線，就在那之前，她瞄到一塊標示牌，上面寫著「北極」。

北極熊在走進暴雪紛飛的極地時停下了腳步。凱特從來沒聽過她說話，但現在她把又黑又大的口鼻部湊到凱特的耳邊，對凱特說了第一句話，也是最後一句話。她的聲音低而深沉。

「如果你們人類讓我們死去，你們永遠不會原諒自己的。」

24 歸途

凱特、湯姆和豪豬一起窩在駕駛室的火箱前面取暖。

「好，」凱特在**喀噠喀噠**的火車行駛聲中拉高嗓門，「現在我們要去哪裡？」

嗒嗒嗒——叮。

回家

喔。

「那你怎麼辦？」湯姆問。他指的是豪豬。

「喔！別擔心我。」他用幾乎不曾有過的禮貌語氣說：「我會到我要去的地方的。」

嗒嗒嗒——叮。

我們加快速度吧

時間很緊迫了

當凱特在書中讀到小孩子踏上奇幻旅程的故事時，她從不相信他們最後會想回家。但現在她卻發覺自己很想爸爸媽媽，而且需要在一個安全熟悉的地方待一陣子，哪裡也不去，即使會有點枯燥乏味。當火車穿越冰河、雪地和峭壁時，凱特對他們所做的一切感到驕傲和高興，但這些感受卻也抵擋不住一股有如紙鎮般沉重的哀傷，因為她再也見不到那些動物，因為穿山甲寶寶沒有一個安全的棲息地，因為漁貓、白腹鷺、北極熊和所有動物都辛苦的活在一個失去平衡的世界。

湯姆坐在駕駛室的另一邊，同樣露出疲憊茫然的神情。賀伯特舅舅是對的：這個世界比它看起來有趣得多，但也艱難複雜太多了。

火車蜿蜒穿過一片深邃的松林。天色灰暗，細雪在暮光下變得藍藍的，而且飄落在窗戶上融化成水滴。凱特

一直很喜歡雪，它總會讓她想到滑雪橇、舒適的室內、熱巧克力和學校停課日。她獨自在用餐車廂裡吃晚飯、看書，然後回到臥鋪車廂，睡在窗戶下面那張可愛的下掀式小床上。接著她猜想，這會不會是最後一次。

她躺在黑夜裡，想像從空中鳥瞰銀箭號的樣子——它一邊吐著蒸汽，車頭燈劃破黑暗，一邊穿越荒野雪地，看起來渺小而堅定；汽笛聲則從原本的得意響亮，變得悲傷而有點淒涼，聽起來就像已經離家遠行了很長一段路，接下來還有很長的路要走。

隔天，風雪開始變大——這真的是一場暴風雪。銀箭號在狂風暴雪中奮力前進，被車頭排障器掃起的積雪不斷朝軌道兩旁噴出去。凱特和湯姆點燃圖書室車廂的柴爐，然後用毯子裹住身體，豪豬則坐在自己的扶手椅上（這時椅面已經被他刺破到無法挽救的地步），向凱特和湯姆訴說他跟美洲獅和魚貂之間毛骨「聳」然的驚險對峙場面。美洲獅和魚貂是唯一有膽子跟豪豬較量的動物。

（魚貂一點也不像漁貓，豪豬解釋說。魚貂其實是鼬科動物，但比某些鼬科動物更大、更凶猛，而且根本不愛吃魚！這又再次證明了人類真的很會取名字。）

凱特走到駕駛室查看銀箭號的情況。夕陽西下，他們正穿越一片結冰的湖面，軌道就橫跨在冰面上。

這讓我很緊張

「我也是。」凱特在雪片紛飛的暮色中向外張望，「這層冰有多厚？」

我不知道

這是個暖冬，而且冬季快結束了

「它最好很厚。」

妳是在暗示我的體重嗎

不好意思

我緊張的時候會開玩笑

凱特盡可能加快行駛速度，畢竟愈早離開這片冰面愈好。雪片在側風吹送下，一波又一波以蛇行姿態滑過結冰的湖面。

嘎吱！突然間，整列火車晃了一下而且變慢，然後繼續前進。

「那是什麼聲音？」

我想冰面開始裂了

喔，糟了。

「情況不妙。」

凱特盡她所能的讓火車全速前進，但過了一分鐘後，火車又晃了一下，而且晃得更厲害。

我想我們失去守車了！

這片冰面恐怕撐不了多久。凱特衝向圖書室車廂，結果在走道上遇到迎面跑來的湯姆和豪豬。

「冰面開始裂了！」凱特說：「我們失去車廂了！」

「我們知道！」湯姆說。

嘎吱！這次火車完全停了下來，大家摔成一團，凱特還在落地時撞到手肘瘀青。他們可以感覺火車頭拚命要往前走，但後面一整排車廂把它拖住了。

「加油！」湯姆喊著。

他們朝火車頭跑過去。

我卡住了！！！

「加油！」湯姆大喊，「加油！」

「你不能放棄！」凱特說。

「你辦得到的！」豪豬說：「大概吧！」

他們聽見後面傳出斷裂聲和碰撞聲，接著在一陣刺耳的摩擦聲之後，銀箭號終於又開始前進。凱特回頭張望，也許是因為下雪和天黑的關係，她只能看到煤水車和載客車廂在他們後面。

其他車廂都不見了嗎？圖書室車廂呢？她心愛的臥鋪車廂呢？糖果車廂呢？那裡有好多糖果她還沒吃到！例如一整罐叫做「超級麥芽牛奶球」的東西，它看起來就像普通的麥芽牛奶球，但其實裹了三層巧克力——牛奶巧克力、黑巧克力和白巧克力，現在她再也吃不到了！

雖然他們有過幾次僥倖脫險的經驗，但她突然意識到——就跟第一天晚上他們從自家後方的山坡上衝下來時一樣——也許這一切最後不會順利結束。他們已經走了這麼遠，但也許他們無法走完這條路，也許那就是故事的結局。

這時，一陣震天價響的破裂聲傳來，他們底下的冰面塌了。銀箭號掉進黑暗冰冷的水中，鍋爐四周冒出一大團蒸汽。

「不！」凱特大喊。

「不！」湯姆大喊。

「不！」豪豬大喊。

嗒嗒嗒——叮。

搞什麼鬼！

25 扇形車庫

銀箭號重達一百零二點三六噸，它沒有浮起來，而是向下沉，沉得很快。火車頭的熱氣讓周圍的湖水都沸騰了。

儘管非常驚慌，凱特和湯姆還是有想到以最快的速度關上窗戶和駕駛室後面的門。**這樣應該能拖上兩分鐘，讓我們不會馬上凍死和淹死**，凱特想。

「你會游泳嗎？」她問。

「會。」湯姆說。

「我知道你會，我在問豪豬！」

「我當然會游泳。」豪豬驕傲的說。

「我的刺毛是空心的，所以它們也是天然的漂浮裝備！」

「好，真是個好消息。」

我不會游泳

如果你們想知道的話

「不，我有想到了。」

凱特看著黑暗的水面爬上窗戶。下雪的夜空在頭頂上消失，火車滑進漆黑的湖裡，一股令人作嘔的下沉感立刻襲來。這座湖到底有多深？人在冰冷的水中通常還能活一會兒，凱特不記得是多久，但她知道時間不長。就算他們真的逃出火車，也會一直泡在這個離任何地方可能都有好幾公里遠的冰冷湖中，他們肯定會活活凍死。

也許還是淹死算了。細細的水柱從門縫裡噴了進來——銀箭號不是為了防水而設計的。

「湯姆，」凱特說：「這會不會又是那種你偷偷知道該怎麼做的時候？」

「不是！」

現在他們完全沉到水面下。她想起了他們乘風破浪，開進翠綠色海水隧道的那個光榮美妙時刻。現在一點也不像那樣，這是個黑暗、冰冷、注定要完蛋的時刻。

如果他們真的死了，至少凱特知道這是出於一個很好的理由——他們已經完成要做的事，而這很重要。她只希望可以不必付出這麼大的代價。

湖水灌進了駕駛室。她的雙腳一碰到湖水立刻失去知覺，而且全身發抖，因為實在太冰冷了。火車頭沉到湖底，沒有發出任何聲音，窗外一片漆黑，她不知道他們距離水面有多遠。她希望——多麼希望——自己永遠待在迷霧森林裡當一棵樹。

有那麼一瞬間，她真的在思考蒸汽火車頭有沒有可能在水底運轉，這樣他們也許可以沿著湖底行駛，然後重新回到陸地上。但湖水太冰冷了，沒辦法產生足夠的蒸汽壓力，而且也沒有軌道。她意識到自己再也見不到爸爸媽媽了，熱淚順著臉頰流了

下來，她伸出一隻手握著湯姆的手，另一隻手握著豪豬的尖刺爪子。

「湯姆，」她又冷又怕得幾乎喘不過氣來，「我真的很高興有你陪我，當然除了這個部分以外。等……等一下我會把門打……打開。」她的牙齒在顫抖，湯姆的臉色蒼白，嘴唇發青。「我們都要深……深吸一口氣，然後試……試著游出去，直……直的往上游，然後從火車掉進來的洞……洞口爬出去。」

也許她應該再說點什麼，但她太冷、太溼、太害怕了，只能想到這些話。除了一件事以外。

「再見，銀箭號，我愛你。」

嗒嗒嗒——叮。

再見

我愛

但就在這時，上漲的湖水淹過駕駛室的火箱，爐火哧的一聲熄滅了。

所有的燈也熄了，在寒冷和黑暗中，凱特的眼眶湧出更多淚水，不是因為想到她自己，而是因為想到銀箭號將要在一個遙遠地方的冰冷湖底度過剩下的日子，只有冷漠沉默的魚跟它作伴。

賀伯特舅舅一開始就告訴他們「爐火絕對不能熄滅」，這是銀箭號最害怕的事，但現在火箱就像她第一次看到它時那樣漆黑死寂。她想知道冷水灌進你的大腦把念頭全部澆熄是什麼感覺？大腦會睡著然後做夢嗎？還是只剩下一片空白？

凱特全身抖個不停，她強迫自己用毫無知覺的手指抓住車門把手，為即將要進行的事做準備。

但就在她打開車門之前，火車突然往下陷，它正陷進泥巴裡！現在凱特真的慌了，腦子完全空白。如果有什麼比被凍死和淹死更慘的，那肯定是還得被冰冷的泥巴活活悶死。活埋。她對著窗戶胡亂猛抓，但她再也感覺不到自己的手指……

這時發生了一件非常奇怪的事——他們開始往下掉。

凱特感覺火車頭貫穿了泥巴，墜入空中，而且有那麼一刻，她感覺自己失去重量，整個胃都翻了過來。接著，在一陣有如上千架鋼琴從一百萬層高樓掉落地面的巨大撞擊聲中，銀箭號摔到了某個堅硬的表面上。

大家一動也不動。漸漸的，凱特發現湖水不再灌進來了，事實上，它正在排出去。

「怎……怎麼了？」湯姆問：「發……發生了什麼事？」

「不……不知道。」

凱特小心翼翼的猜想，他們是否有可能不會死。她慢慢打開窗戶，往外頭看。

他們沒有沉在水底或埋在泥巴裡，而是在一間巨大的地下室裡。這間地下室看起來圓圓的，而且有個熊熊燃燒的巨大壁爐正散發著橘色火光，空氣很溫暖。

「有火！」湯姆一把推開凱特，離開了駕駛室。

一條來自冰湖的銀魚還在駕駛室的地板上翻滾著，豪豬若有所思的看了看，然後把魚吃了。

動物天性，凱特想。

火車外，有一個人正背對著爐火看著他們。雖然他的臉埋在陰影中，但凱特很清楚他是誰。

「來吧！」賀伯特舅舅說：「快來暖暖身子，你們一定凍僵了。」

湯姆已經在壁爐前烘著身體，賀伯特舅舅把一條毯子披在他肩上。凱特爬下火車，也拿了一條毯子，然後立刻又爬上去，用毯子裹住發抖的豪豬，把他抱下來取暖。直到這時，凱特才拿著自己的毯子湊到壁爐前面。

她可以感覺他們在地底深處。

「我知道你們一定嚇壞了，」賀伯特舅舅說：「我很抱歉，但妳做得很好，凱特，我為妳感到驕傲。」

她兩眼發直的盯著爐火，身體還在顫抖。她並不為自己感到驕傲，她只是鬆了一口氣，疲憊不堪，而且感到難過。

「我失去了火車，」她說：「所有車廂，所有東西。我讓爐火熄滅了。」

「妳做了妳該做的事。妳該做的事不是把火車帶回家，而是盡妳最大的努力，絕不放棄，結果妳做到了，這才是最重要的。」

「大人都會這麼說。」

「我們偶爾也會說真話。我們不常這樣做，所以要分辨哪些是真話不太容易，但剛才那句話是真的。就像剛才說的，妳做到的才是最重要的事。這個世界永遠不缺火車車廂，但要找到優秀的列車長就困難多了。」

「可是爐火熄滅了。」她感覺羞愧的熱淚又開始從臉上滑落，「我不該讓它熄滅的！」

「一切都會沒事的，凱特，妳看。」

他把凱特轉過去，看著銀箭號。一群工人從某個地方出現了，而且正在火車上爬來爬去。有些人拿著水管沖掉泥巴，有些人用布、海綿和毛巾擦拭窗戶、黃銅鈴鐺和黑色鍋爐，有些人還在火車下方的坑洞裡清理火車底盤。

「它會沒事嗎？」

「它會像新的一樣。」

她想她會相信他的話。

「我們在哪裡？」

「這裡是扇形車庫。」賀伯特舅舅朝圓形地下室比了個隆重介紹的手勢，「如果火車出了問題，就會來這個地方修理。」

凱特現在才發現，那座壁爐不只是個壁爐，它其實是個巨大的熔鐵爐，就像鐵匠使用的那種爐子。

「我們也要照顧好你們。」賀伯特舅舅張開左右手臂分別摟住凱特和湯姆，

「如果你們從那裡走進去，」他用下巴比著一扇門，「就會看到洗熱水澡的地方，還有換洗的衣服和食物。快去吧！等你們舒服點了，我們再慢慢聊。」

26 新的開始

在一個像是私人地下更衣室的空間裡，凱特洗了這輩子最久、最熱的一次熱水澡。她在熱水裡泡了一段好長的時間，直到全身所有冰冷的細胞都解凍成粉紅色，澈底暖和起來為止。然後她把身體擦乾，穿上衣服。

雖然她搞不清楚現在幾點，但一頓豐盛的早餐已經為她準備好了，有美式鬆餅和法式吐司，還有楓糖漿和融化奶油可以搭配著吃，這是她所能想像最窩心的安排。她吃到肚子都撐了。

然後她又洗了一次熱水澡，好讓自己能一直保持溫暖，再說那些楓糖漿也讓她吃得渾身黏答答的。

當她和湯姆回到扇形車庫時，工人們正在擦亮銀箭號的最後幾個黃銅零件，並且更換車頭燈裡的巨大燈泡。火車看起來就像新的一樣，他們還幫煤水車加滿了煤炭和水。

「妳想要自己來嗎？」賀伯特舅舅問。

他遞給她一根三十公分長的精緻火柴棒。凱特明白他的意思。銀箭號的火箱裡已經堆好了用來生起熊熊爐火的材料：鬆散的紙張，再來是枯枝，最上面是粗粗的樹枝。凱特點燃火柴棒，用它燃起一張皺報紙的其中一角，然後看著火焰蔓延開來。等爐火穩定燃燒之後，她和湯姆開始把煤水車裡的煤炭鏟到木柴上。她看著蒸汽壓力表的指針往上升。

這一切都充滿令人安心的熟悉感，畢竟她已經做過很多次了，但她仍然在等待著什麼……

嗒嗒嗒——叮。

嗨

凱特含著淚水露出微笑。

「嗨。」

銀箭號沒什麼部位能讓她擁入懷中，但她好希望可以這麼做。

我回來了

「你還好嗎？」

感覺不錯

「謝天謝地。」

等等

剛才發生什麼事了嗎？

她盡可能解釋了賀伯特舅舅和扇形車庫的事，但其實她滿腦子都在想：銀箭號真的回來了，它真的沒事了。凱特覺得自己也活了過來，她感覺神清氣爽，體力充沛。

就在火車充滿蒸汽，縷縷白煙從煙囪和活塞裡飄出來時，駕駛室的門開了，賀伯特舅舅爬了上來。他環顧四周，臉上有一瞬間浮現了惆悵，似乎想起某件事。

他轉過來看著凱特和湯姆。

「我在想，」他說：「也許你們可以順便載我一程，我得去取車。」

在一陣隆隆巨響中，火車開始原地轉向。凱特往外看，發現他們正下方有個像是唱片轉盤的巨大轉車臺，可以幫火車轉到任何它需要前往的方向。

當轉車臺停下來時，銀箭號正對著一條黑暗隧道的拱形入口。

湯姆打開車頭燈，鬆開煞車。凱特把逆轉機把手向前推到底，並且慢慢轉開汽門。她忍不住炫耀了一下，接著火車開始向前走。

「你們介不介意我……？」賀伯特舅舅靦腆的問。

他把一隻手伸向車頂。

「拉吧！」

賀伯特舅舅咧嘴一笑，拉下拉桿，鳴放汽笛。

嘟——！

沿著黑暗的隧道前進了幾分鐘之後，他們意外開進一座巨大的火車站。這座火車站充滿柔和的灰色漫射燈光，它有個用玻璃和鍛鐵組合而成的挑高屋頂，還有一個會喀噠喀噠跑出許多遙遠地名的大型顯示板。

他們經過一列停靠在月臺上的火車——它不是一列完整的火車，只有火車頭和煤水車。一個比凱特年紀稍大的男孩坐在駕駛室裡，當他看到她時，他害羞的揮了揮手，然後搖了搖

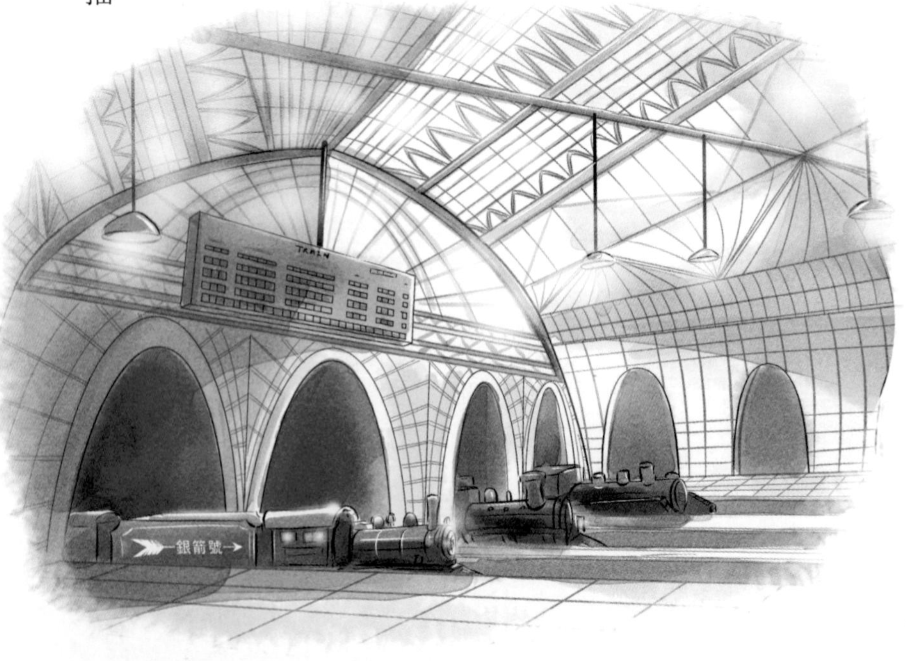

鈴鐺。

凱特也做了同樣的事。

「所以……不是只有我們喔？」她問賀伯特舅舅。

「還有其他人，只是不多，還不多。所以你們並不孤單。」

過了一分鐘後，火車來到戶外。他們快速穿越一片被暮色籠罩的陸地，樹木、汽車和燈火通明的房子從兩旁飛逝而過。凱特已經很久沒有見到這種景象了，她和湯姆過去這段時間都在一些非常偏遠的地方，現在他們又回到了文明世界。

湯姆操作著各種控制裝置，讓銀箭號轟隆隆全速前進。凱特感覺自己已經恢復到可以開始思考發生在她身上的一切，以及接下來會發生的事。

看來，賀伯特舅舅也在想同樣的事。

「這一路上，你們不得不去做一些困難的事，」他說：「你們兩個都是。你們認真工作學習新事物，也承認自己的錯誤。你們雖然感到不安、失望、沮喪和害怕，但從不自卑自憐，也從不放棄，這些都是一個人所能做到最困難的事。」

「我猜吧！」凱特對這番讚美感到難為情，「我的意思是，它們沒有像……我不知道……沒有像跑贏馬拉松或創作交響樂之類那樣困難。」

「但那正是人們能做到這些事的**原因**，凱特。任何有過重要成就的人，靠的都是妳已經學會的那些事。只要妳堅持不懈，也會完成很棒的事，一些妳做夢也沒想到自己辦得到的事。」

「嘿！你怎麼會知道這些？」湯姆說：「媽說你是她見過最懶惰的人了。」

「那並不代表我不知道自己在說什麼，」賀伯特舅舅又露出了那個惆悵的表情，「只是我懂的比做的多。我以前也是個列車長，但不怎麼優秀就是了。」

他把自己的帽子拿下來給他們看，上面繡了一排小字：暮星號。

「原來那是你的火車，」凱特輕聲說：「我們找到它了，它還停在那裡。」

賀伯特舅舅點了點頭。

「我跟你們的媽媽很久以前都當過列車長，但我們沒有像你們那樣堅持下去，我們在遇到困難的時候放棄了。」賀伯特舅舅低頭看了看自己的腳，「她不太記得了——對她來說，那就像是一場夢。可是我想這就是她不太喜歡我的原因，而且你們可能有注意到，她也不太喜歡火車。」

「但我忘不了，我一直都想做跟火車有關的工作，所以現在我幫忙執行一些神奇任務，只是把駕駛工作留給高手去做。」

半個小時後，他們又回到好久以前坐著火車俯衝下來的那座可怕山丘，還有那片熟悉的樹林，然後湯姆在進入他們家後院時煞車減速，把銀箭號停在當時出發的那個位置，只不過現在車頭朝著相反的方向。

他們注意到後院裡有個新東西——一根點亮的鐵路時鐘燈柱，也就是他們在經過許多車站時看到的那種燈柱。

「好，聽著，」賀伯特舅舅說：「靠著這根燈柱的作用，你們只離開了幾分鐘而已。所以如果你們現在偷偷溜進屋裡，不讓爸爸媽媽聽到聲音，他們就永遠不會知道發生了什麼事。」

「真的嗎？」凱特說：「可是……感覺很奇怪。等等，這一切**真的**發生過嗎？我已經開始感覺好像在做一場夢。」

「我向你們保證真的發生過。把這些拿著。」賀伯特舅舅把裝著葛麗絲・霍普眼鏡的小盒子遞給凱特，也慎重其事的把「小狐狸」還給湯姆。「這是你們遇過最真實的事了。」

為了再三確認，凱特摸了摸她在沉入冰湖之前撞傷的手肘。沒錯，瘀青還在。他們從駕駛室爬了下來。凱特在想，如果賀伯特舅舅說的是真的，那嚴格來說，今天還是她的生日，而且不是最糟的一次生日，是最棒的一次生日，絕對也是最久的一次生日。

凱特跪下來看著豪豬。

「我很抱歉，」她說：「我們沒有載你到任何地方。你需要去哪裡呢？」

豪豬用挑剔的眼光打量四周。

「我想這裡還不錯，剛才我們經過的那片樹林看起來還可以。我不是很挑剔，妳知道吧！」

「你絕對很挑剔，」凱特說：「你是我看過最挑剔的動物了！」

豪豬想了一下，「對，我想是吧！我對我的朋友絕對很挑剔。」

他答應很快會來探望凱特他們，然後就慢慢走向樹林，消失在夜裡。

「我簡直不敢相信這一切都結束了。」凱特說。

賀伯特舅舅用奇怪的眼神看著她，「妳說一切都結束了，是什麼意思？」

「你知道的，這趟旅行，探險之旅，全部結束了。」

「凱特，探險永遠不會結束！聽我說，」賀伯特舅舅把手放在凱特的肩上並看著她的眼睛說：「就算妳待在家，就算妳站著不動，沒有去任何地方，妳還是在時間中旅行。每過一秒鐘，妳就在朝未來前進一秒鐘。每一天的每一秒，妳都在一個妳從來沒有去過的地方，探險**永遠不會**結束！」

凱特認為她聽懂了，「謝謝你，賀伯特舅舅，我感覺好多了。」

「很好。」他挺直了身子，「而且這趟探險真的沒有結束，三個星期後，你們又要搭著銀箭號出發。」

「我們……我們嗎？」

「你們倆完成了第一趟任務，所以已經正式成為『大祕密洲際鐵路』的組員。」賀伯特舅舅說。

接著，他從蕉黃色西裝內袋裡取出兩張看起來很正式的厚厚紙張，把一張遞給凱特，另一張遞給湯姆。這兩張厚厚紙張上面有著看起來很重要的戳記、印章和簽名。

「這是你們的任命證書，你們還有個徽章。」

他在兩人的胸前別上了一枚小小的銀色火車徽章。

「這是你們的行程表。」又是更多文件。「你們接下來會很忙。

我說過，這個世界需要優秀的列車長，現在比過去任何時候都需要，而且像你們這樣優秀的人才並不多。」

賀伯特舅舅的黃色特斯拉在車道上等著。他帶著慎重的表情跟兩人握手道別，然後坐進車裡，降下車窗。

「好好休息，」他說：「湯姆的生日快到了，我打算弄一艘潛水艇給他。」

他開著車子走了，紅紅的車尾燈閃耀在暮色中。

賀伯特舅舅離開之後，凱特和湯姆悄悄走進溫暖又寧靜的家，裡頭全是他們熟悉的聲音和味道。凱特溜回她的房間，她所有的東西都還在，完全保持原狀。探險是一件很棒的事，非常棒，但事實證明，回家也沒那麼糟。

她站在房間裡，微微顫抖的深吸了一口氣。她內心充滿了興奮感，幾乎無法思考。這個世界上有太多需要執行的好事，而她會盡她所能的去完成每件事。她知道這並不容易，也不簡單，但她已經迫不及待要開始了。

她才剛脫下列車長制服，換上平常穿的衣服，就聽見走廊傳來腳步聲。

那是她媽媽。她大概是來告訴凱特不要再生悶氣，這很合理，還有該出來吃生日晚餐了。凱特偷偷望著窗外月光下有著巨大黑色身影的銀箭號，它正耐心的等著帶她去下一個新奇的地方。

就像白腹鷺說的，這個世界已經失去平衡，但要找到新的平衡，現在還不會太晚。

導讀

互文之外的構想

張子樟
（臺東大學兒童文學研究所前所長）

《銀箭號》是一個有趣、令人振奮，快節奏的神奇故事。故事主角是凱特，在她十一歲生日那天，她收到了一部名為「銀箭號」的蒸汽火車，是她那位幾乎不認識的瘋狂富有舅舅送的生日禮物。很快的，凱特和她「討厭」的弟弟湯姆發現自己在銀箭號上與會說話的動物一起進行一場令人震撼的冒險。在路上，姐弟倆也發現了一些關於生活的苦澀真相。

凱特、湯姆和有知覺的火車將許多動物從世界各地的車站運送到棲息地，希望在那裡，他們能遠離那些貪婪、卻以勤奮或缺乏意識的名義摧毀其家園的無情的獵捕者，過著某種寧靜的生活。

全書基調很輕，但作者教導讀者關於棲息地的喪失等，這可能會促使孩子們在細讀後，深入思考並可能採取行動，以減緩我們在這個星球上的破壞。

✰驚心動魄的冒險旅程

在變化多端的現實社會中，讀者極可能迷失，但藉由這本書，青少年可以充分瞭解周圍的世界。全書都具有社會意識的現代幻想，驚心動魄，當然還有不少冒險的旅程。

全書寫作既清晰又優雅，令人大開眼界，尤其是凱特和動物們神奇的變成了樹木的這個場景，寫得非常好。這本書的故事很容易理解，並教會了孩子某些價值觀，如負責任以及如何克服手足競爭。作者同時向讀者介紹現實世界殘酷和悲傷的事實，如氣候變化、全球變暖、森林砍伐、瀕危動物和某些物種的滅絕、遷徙模式的變化等，從而激勵讀者對此採取一些措施。

✪向經典致敬的老派冒險

細讀全書，讀者免不了會發現這種奇妙冒險相當老派，互文性相當濃烈。邊讀邊想《納尼亞傳奇》、《說不完的故事》、《查理與巧克力工廠》、《愛麗絲夢遊仙境》和《綠野仙蹤》。

在書中，早熟的孩子陷入了特殊的環境中，與驚人的生物交朋友，並進行冒險，有時粗暴的引導他們成長。文中詼諧、卻不迎合的寫作，豐富而有趣的描述以及古老、憂鬱的神奇時刻，讓讀者更想接近這本妙書。

換個角度來說，《銀箭號》是一個適合任何年齡段的宏偉冒險故事，充滿了危險、恰到好處的驚喜和令人毛骨悚然的刺激。敘述扣人心弦、精彩，特別是「嗒嗒嗒——叮！」部分，表示了火車正在與凱特和湯姆溝通。

雖然免不了有互文的部分，但作者始終如一的誠實令人驚嘆。他努力設法讓讀者相信他的故事。作者思考空間無限大，他有能力創作出如此驚人的東西，比如教授魔法的研究生院或你能想像到的任何型別的汽車或火車，看起來不僅真實，而且完全合乎邏輯，這是一件非常罕見和美麗的事情。

它同時也是一個深思熟慮、情感和高度富有想像力的故事，以敏感、資訊豐富和沒有糖衣的方式專業討論了人類對自然平衡的負面影響。

✯ 具有強烈社會意識的現代幻想

這本書中有一些時刻簡直令人歎為觀止，作者帶領凱特和湯姆走過奇幻冒險中那些熟悉的道路，但卻不是你想像的那樣，旅程也絕不是完全美妙的。

文中不時出現神奇的壯舉、令人心碎的現實與機智的回應，當然還有必須記取的艱難教訓。這個現代幻想包含了強烈的社會意識，它從一個不可能的前提開始，隨著它繼續，它變得更加不可能和陌生，直到最後，讀者才意識到整個事情是我們這一代人未能拯救地球的一種隱喻。

這本書的節奏非常適合目標讀者，而且對兩個主要角色的使用也很好。凱特推動了大部分故事，而她的弟弟——湯姆也在緊急時刻，提供了適當的協助，姐弟之間雖然有競爭意識，但彼此之間仍然相互聯繫，在彼此需要時，提供支持與理解。

另外，故事中的奇特火車環遊世界，讓動物搭車，並將他們從一個地方移動到一個地方。這聽起來很傻，但一路上，孩子們瞭解了人類對和我們共享家園的動物的所作所為。在許多情況下，我們是如何侵占和侵犯牠們的，使其瀕臨滅絕。作者引入了穿山甲作為角色，只能稱之為天才式的構想。

這本書能成為經典之作嗎？有待歲月的檢驗。

國家圖書館出版品預行編目資料

銀箭號/萊夫.葛羅斯曼(Lev Grossman)文；崔西.西村.畢曉普(Tracy Nishimura Bishop)圖；謝維玲譯. -- 初版. --
臺北市：幼獅文化事業股份有限公司, 2022.11
面；　公分. -- (小說館；38)
譯自：The silver arrow

ISBN 978-986-449-276-3(平裝)

874.596　　111016956

·小說館038·

銀箭號 The Silver Arrow

作　　者＝萊夫·葛羅斯曼 Lev Grossman
繪　　者＝崔西·西村·畢曉普Tracy Nishimura Bishop
譯　　者＝謝維玲
出 版 者＝幼獅文化事業股份有限公司
發 行 人＝葛永光
總 經 理＝王華金
總 編 輯＝林碧琪
主　　編＝沈怡汝
特約編輯＝劉詩媛
美術編輯＝李祥銘
總 公 司＝(10045)臺北市重慶南路1段66-1號3樓
電　　話＝(02)2311-2832
傳　　真＝(02)2311-5368
郵政劃撥＝00033368

印　刷＝崇寶彩藝印刷股份有限公司
定　價＝340元
港　幣＝113元
初　版＝2022.11
書　號＝987261

幼獅樂讀網
http://www.youth.com.tw
幼獅購物網
http://shopping.youth.com.tw
e-mail:customer@youth.com.tw

行政院新聞局核准登記證局版臺業字第0143號
有著作權·侵害必究(若有缺頁或破損，請寄回更換)
欲利用本書內容者，請洽幼獅公司圖書組(02)2314-6001#234

THE SILVER ARROW
Copyright © 2020 by Lev Grossman
This edition is arranged with William Morris Endeavor Entertainment, LLC.
through Andrew Nurnberg Associates International Limited.
Traditional Chinese edition copyright © 2022 by YOUTH CULTURAL ENTERPRISE CO., LTD.
All rights reserved